아이와 함께 유럽, 때때로 텐트 속

아이와 함께 유럽, 때때로 텐트 속

텐트와 크루즈를 오가는 65일 가성비 충만한 여행기

초 판 1쇄 2024년 04월 24일

지은이 최종경
펴낸이 류종렬

펴낸곳 미다스북스
본부장 임종익
편집장 이다경
책임진행 김가영, 윤가희, 이예나, 안채원, 김요섭, 임인영

등록 2001년 3월 21일 제2001-000040호
주소 서울시 마포구 양화로 133 서교타워 711호
전화 02) 322-7802~3
팩스 02) 6007-1845
블로그 http://blog.naver.com/midasbooks
전자주소 midasbooks@hanmail.net
페이스북 https://www.facebook.com/midasbooks425
인스타그램 https://www.instagram/midasbooks

ⓒ 최종경, 미다스북스 2024, *Printed in Korea*.

ISBN 979-11-6910-617-7 03810

값 19,000원

미다스북스는 다음세대에게 필요한 지혜와 교양을 생각합니다.

텐트와 크루즈를 오가는 65일 가성비 충만한 여행기

아이와 함께 유럽,
때때로 텐트 속

최종경 지음

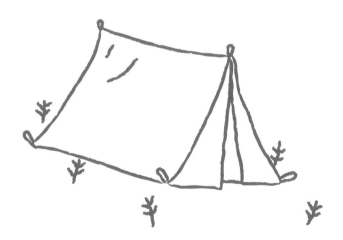

미다스북스

텐트 밖은 유럽일까 육아일까?

축하한다. 여러분은 수천만 원을 아낄 기회를 잡았다.

이 책을 펼친 여러분은 유럽 캠핑을 꿈꾸고 있을지도 모른다. 아이와 함께라면 현실은 〈텐트 밖은 유럽〉이 아니라 〈텐트 안팎은 육아〉다.

캠핑 초보가 아이 둘 데리고 유럽까지 가서 텐트를 쳐가며 생고생을 했다. 여러분은 편안한 소파에서 고생담을 읽으며 대리 만족하기만 하면 된다. '역시 안 가길 잘했다'란 생각이 절로 들 테다. 수천만 원 아꼈다! 만약 '그래도 가고 싶다'라는 생각이 들면 항공권부터 예매하면 그만이다. 나는 어쩌다가 돈 들여가며 고생할 결심을 하게 된 걸까.

아이들 없이 가는 여행이 최고다. 이 한 몸 건사하기도 힘든데 수발들어야 하는 애들까지 있다면, 여행이 아니라 노동이다. 오죽하면 친구들이랑 짠 정기적 모임 이름이 '노 키즈 존'이겠는가. 아이와의 여행을 생각하면 벌써 머릿속이 복잡해진다. 아기 때는 짐이 많아서, 유아 때는 기저귀를 못 뗐거나 화장실 사용이 서툴러서 등등의 여러 이유로 아이와의 여행을 차일피일 미루었다. 지금은 작지만 제 몫을 하는 나이가 되었다. 그래도 여전히 내 발목을 잡는 걱정들이 있다. 혹시 아프면 어쩌지, 애들 학원은 그만두고 가야 하나. 입 짧은 첫째가 밥 잘 못 먹으면, 자동차 사고를 당하면, 강도를 만나면 어쩌나. 아이들이 초등학생이 되어도 못 갈 핑계는 끝이 없다.

인생을 곰곰이 돌이켜 보았다. 인생도 책장이라면, 내 책장에 꽂혀 있는 책은 무엇일까. K-장녀 일대기, 대한민국 맞벌이 보고서, 워킹맘 처방전이다. 이런 비문학 장르 말고, 단편 소설이나 에세이로도 채우고 싶다. 이왕이면 나의 로망 유럽에서 말이다.

이런 강렬한 욕망이 생긴 이유는 〈텐트 밖은 유럽〉 때문이다. 지익, 지퍼로 텐트 내창을 열면 눈앞에 파노라마로 펼쳐지는 푸르른 풍경을 멍하니 바라보는 기분은 어떨지, 그곳에서 끓여 먹는 라면 맛이 어떨지 궁금했다. 캠핑이라고는 해본 적도 없는데 간절히 캠핑이 하고 싶어졌다.

간절히 바라면, 돈을 써야 한다.

나 혼자 떠나는 여행이라면 모르지만, 가족과 함께라면 유럽은 부담스럽다. 항공권부터 숙박, 음식, 그 외 체험 비용이 얼마나 들지 덜컥 겁부터 난다. 하지만 유럽은 캠핑장이 매우 발달 되어 있다. 구글 지도를 켜고 유럽 어느 도시든 선택하여 검색창에 'camping'이라고 입력해 보라. 어디에나 캠핑장이 있고, 아이들을 위한 시설도 잘 갖추고 있다.

아이들과 함께하는 유럽 캠핑 여행, 도전해 볼 만하다는 생각이 들었다.

아니, 못할 이유가 없다.

눈 깜짝할 사이 어른이 되었다. 다시 눈 깜짝하면 못 떠날지도 모른다. 겁만 내다가, 꿈만 꾸다가 청춘이 끝날지도 모른다.

그래, 건강할 때 떠나자!

바로 아이들에게 유럽에 간다고 통보했다. 아이들은 눈을 반짝이며 학교도 학원도 안 가도 되냐며 묻는다. 대신 매일 일기를 써야 한다는 조건을 걸자, 입꼬리를 삐죽이 내린다. 하루 석 줄 이상만 쓰자며 살살 달랬다.

이때만 해도 유럽 텐트 여행에 대한 희망과 기대로 온 세상이 핑크빛으로 보였었다. 고생의 서막이 올랐다.

2023년 8월 18일(목) 날씨: 번개+비+구름

제 엄청난 천둥번개 끝

오늘 우리는 스위스에서 아침을 먹고 차로 타서 이탈리아로 빨리 갔다. 원래는 5시간 30분이 걸리는데 아빠가 더 빠른 길을 찾아 4시간30분이 걸렸다. 이탈리아에 도착하서 텐트를 치려고 할때 갑자기 비가 엄청 많이 내리면서 천둥번개가 쳤다. 한 10번뒤 엄청 큰 소리의 천둥번개가 왔다. 하 나는 텐트에서 언제 나가지? ㅠㅠ 나도 놀고싶은데 ㅠㅠ

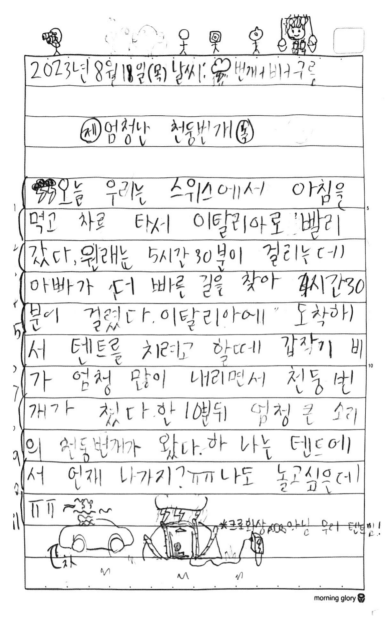

*크로아샤 200아님 우리 텐트빌!

여행하는 동안 아이들이 쓴 일기

목차

6장 프랑스어는 못 하지만 여기서 살아보고 싶다

1장

여행 준비 별로 안 해도 됩니다

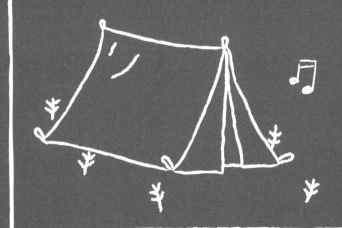

1.

가고 싶은 나라 하나씩 골라 골라

2개월 여행을 계획했다. 일도 그만두고 집도 처분하고 세계여행을 훌쩍 떠나는 용자들을 따라 하기엔 나는 약았고 겁쟁이다. 육아휴직을 최대한 이용했다. 휴직 동안 급여는 반의반 토막이 나기에 생활비, 여행비는 그동안 모아둔 돈으로 해결해야 했다.

맨날 모으기만 하면 뭐하나. 써야 내 돈이지.

만 원짜리 티셔츠 한 장 살 때도 장바구니에 담아두고 며칠을 고민하던 짠순이가 이번엔 큰마음 제대로 먹었다.

유럽은 총 27개국이다. 65일 동안 어디에 갈 건지 정하기 쉽지 않았다. 모든 나라를 다 둘러보고 싶은 욕심 때문이었다. 꼭 가고 싶은 나라를 정해보기로 했다.

첫째는 빅벤이 있는 영국, 둘째는 디즈니랜드가 있는 프랑스, 나는 스위스, 남편은 이탈리아를 꼽았다. 인원이 4명이므로 대중교통보다는 렌터카가 경제적이었다. 세계지도를 펼쳐서 동선을 그려보았다. 섬나라인 영국을 나와 파리에서부터 캠핑하며 렌터카로 이동하면 되겠다고 생각했다.

북유럽에도 가고 싶었는데 동선이 길어지는 데다 물가가 비싸 고민되었다.

구글 검색 결과, 런던 근처 사우샘프턴에서 노르웨이 피오르로 왕복하는 크루즈 여행 상품을 확인했다. 오히려 크루즈 여행이 더 경제적이었다. 내 예상보다 훨씬 밑도는 예쁜 가격! 런던에 도착하고 4일 뒤 노르웨이로 7박 8일 일정으로 다녀오는 딱 맞춤 상품을 발견했다.

그렇게 노르웨이도 우리의 여정에 포함했다.

가고 싶은 곳도 정했고, 날짜도 정했으니 바로 비행기를 예약했다. 고민할수록 비행기표는 비싸질 뿐이다. 런던 인 파리 아웃, 제다에서 1회 경유하는 항공권 4장. 비장한 마음으로 결제 버튼을 눌렀다.

이젠 돌이킬 수 없다. 이 항공권은 환불 불가니까!

노르웨이에 다녀와서 곧장 런던에서 유로스타를 타고 파리로 넘어가야 했다. 짐을 든 여행은 힘들 테니 렌터카를 먼저 찾을 수 있도록 동선을 짜야 했다.

프랑스는 자국 자동차를 홍보할 겸 외국 여행자들에게 면세로 자동차를 리스해주는 제도가 있다. 리스카를 이용하면 새 자동차로 여행 다닐 수 있다. 거기다 풀 커버 보험이 포함되어 있으니 따로 추가 요금을 내지 않아도 된다. 30일 이상 여행을 할 때는 렌터카보다 리스카가 더 경제적이라고 해서 리스하기로 했다. 우리는 짐을 가장 많이 실을 수 있도록 트렁크 용량이 가장 큰 SUV로 골라 계약했다. 파리 샤를 드골공항 아웃이므로 이곳에서 차를 찾고, 반납하기로 하였다.

왕복 항공권과 리스카 계약, 영국 히스로공항에서 패딩턴 역까지 히스로 익스프레스 편도권, 런던에서 나흘 동안 머물 숙소, 두 편의 뮤지컬 티켓, 7박 8일 노르웨이 크루즈, 런던에서 파리까지 유로스타.

65일 유럽 여행을 가기 전에 미리 예매한 내역은 이게 전부다. 공항 도착과 여행 시작 전후 이외에는 어렴풋하게 갈 곳만 대충 정한 셈이다. 나머지는 여행을 다니며 그때그때 가족들과 이야기 나누며 루트를 짜거나 변경하기로 했다.

계획을 다 짜고 보니 아뿔싸, 65일이 짧게만 느껴졌다.

2.

캠핑 생초보, 나 혼자만 레벨업

캠핑 경험이 없어서 미리 해봐야 했다. 휴가 때 보통의 아이 있는 가정처럼 리조트나 자연휴양림에서 1박 또는 2박을 했었다. 캠핑 유사한 경험이라고는 숯불로 바비큐 해 먹기가 전부였으니 생소하고 새로운 도전이었다.

3월부터 근처 시립 야영장에서 '캠핑'을 시도해 보기로 했다.

잘 알지도 못하면서 덜컥 장비부터 사들이지는 않았다. 고향에 계신 아버지께서 30년 전에 사셨던 구식 텐트를 받아와서 설치해 보았다. 사용하지 않고 창고에 오래 보관해 두었던 텐트였던지라 캠핑장에서 펼치는 순간, 삭아서 가루가 된 텐트 플라이(텐트를 덮는 지붕)의 은박코팅이 나를 덮쳤다. 그동안 묵혀두기만 한 주인에게 반항이라도 하듯이 펄럭펄럭할 때마다 기침하듯 은색 반짝이 가루를 토해냈다. 플라이는 오랜만에 햇볕을 쬐자마자 쓰레기통으로 직행해야 했다. 잘 떨어지지도 않는 반짝이들 덕분에 나는 살아 움직이는 크리스마스트리가 되었다.

수많은 캠퍼 중에서 우리가 단연 눈에 띄었다. 끙끙거리며 남편과 부산스럽게 왔다 갔다 했다. 먼저 설치를 끝낸 주변 사람들이 우리를 구경하는 시선이 느껴졌다. 누구에게나 처음은 있는 거니까 서투른 게 당연하지, 애써 가슴을 펴보았다. 폴대를 연결하고 비닐봉지 같은 몸체를 세워 겨우 설치를 끝냈다.

세상에, 너무 힘들었다. 원래 이렇게 힘든 게 맞냐고 사방에 소리치고 싶었다.

텐트 설치가 끝이 아니었다. 깔개도 깔아야지, 전기장판도 넣어야지, 이불도 펼쳐야지, 의자 조립해야지, 짐은 텐트 밖에 널브러져 있지, 심지어 자동차 트렁크에서 식재료는 나르지도 못했다. 4㎡의 사각형 데크를 채우기 위해 얼마나 많은 작업을 해야 하던지. 내리쬐는 직사광선 아래에서 고되게 짐 정리까지 끝내고 나니 저녁 식사 준비를 해야 했다.

"우리 그냥 사 먹자."

나의 첫 캠핑은 낭만이 아닌 노동이었다.

그러나 아이들은 달랐다. 가방이 커다란 집으로 변해서 신기하단다. 온 가족이 함께 누워서 이야기하면서 잠드는 게 게임보다 더 좋다고 했다. 실수로 후추를 잔뜩 쏟아부어서 매워진 야식 어묵탕과 나무 그늘에서 끓여 먹는 아침 라면도 꿀맛이란다.

그래, 부모님과 계곡에서 텐트를 치고 놀았던 기억을 떠올려 보면 별것도 아닌 김치찌개가 그리도 맛있고, 좁은 텐트에 오밀조밀 끼어 자도 좋았다. 분명 맑았는데 새벽에 텐트 천장에 잔뜩 매달려 있던 물방울들도 신기했었다. 부모님과 살을 부대끼며 함께 있어 좋았다. 좋은 추억을 내 자식들에게 대물림해 줘야겠다는 생각이 들었다.

우리는 그 뒤로도 네 번 더 캠핑해 보았다. 처음에는 버거웠던 텐트 설치도 몇 번 해보니 금방 할 수 있었다.

최대한 노동은 줄이고 자연 즐기기에 초점을 두었다. 목만 빼면 밤에 총총히 떠 있는 별을 구경할 수 있었다. 여유가 생기니 식사 준비도 어렵지 않아졌고, 설거지는 남편이, 아이들은 눈치껏 의자와 테이블 세팅을 하는 등 분업을 했다.

첫술에 배부르랴. 역시 무엇이든 익숙해지려면 반복이 필요한 법이다.

인터넷 캠핑 선배들의 경험담을 참고하여 꼭 필요한 장비도 하나씩 구매했다. 할 만하다는 생각이 들자, 유럽 여행도 캠핑으로 해 나갈 자신이 생겼다.

늘 낙천적인 남편은 닥치면 다 잘될 거라며 속 편한 소리만 했다. 오늘도 나 혼자만 레벨업 한다.

3.

최대 난관, 북유럽 가성비 크루즈 예약

노르웨이 일정을 크루즈 여행으로 다녀오기로 정했다. 구글을 통해 내가 찾는 조건에 딱 맞는 크루즈 여행 상품을 발견하고 전율이 흘렀다. 이건 운명이었다. 말로만 들었던 고급스러운 파티, 선상의 인피니티 풀과 자쿠지, 분위기 좋은 레스토랑, 상상만 해도 가슴이 벅차올랐다. 예약하려는데 무슨 이유인지 P&O 크루즈 공식 홈페이지에서 예약할 수 없었다. 요즘같이 휴대폰 하나로 물건은 물론이고 주식이며 노동력도 사고파는 세상에 여행상품을 전화로만 판매한다니 믿기지 않았다. '크루즈 여행 전문가들이 친절하게 상담을 도와드립니다. 언제든지 전화해 주세요.'라는 안내와 전화번호만 있을 뿐이었다.

하아, 다정한 안내 멘트가 무시무시하게 들릴 수도 있다니. 인생 처음 크루즈 여행을 국제전화로, 심지어 영어로 예약해야 한다는 위험천만한 소리였다.

외국인과의 전화 대화는 부담스럽다. 긴장하며 전화번호를 눌렀다. 남편과 처음 손잡았을 때보다 더 요란하게 심장이 방망이질했다.

'뚜르르 뚜르르.' 영국의 전화벨 소리도 한국과 똑같다고 생각하는 사이 휴대폰 저편에서 강한 악센트의 영국 발음이 들려왔다.

"헬로우(Hello), 나는 예약을 하고 싶습니다. 천천히 말해주세요."

로 운을 띄우며 통화를 시작했다. 탑승할 가족들의 국적과 이름, 생년월일을 전달하고 선실 타입, 선입금 비용을 정해야 했다. 대화 대부분을 예스, 노, 웃음으로 퉁 친 국제전화는 40분이 지나서야 끊을 수 있었다. 긴장으로 축축하게 젖은 겨드랑이와 무언가 해냈다는 후련한 성취감을 동시에 얻었다.

이후 전화 통화를 했던 담당자와 이메일로 필요 서류를 주고받을 수 있어서 수월했다. 한국인이 좀처럼 예약하지 않는 노선이었던지 국적 선택 리스트에 '코리아'가 없어, '가나' 여행객으로 등록되어 있었다. 물론 나중에는 수정되었지만 말이다.

영국 학생들의 방학 기간과 겹쳐, 아이들과 함께 가족 여행을 가려는 사람들이 많았다. 5개월 전에 예약 전화를 걸었지만 내가 원하던 4인 1실이 모두 판매된 상태였다. 그래서 2인용 선실 2개를 예약하였다.

서유럽의 물가도 비싸지만, 북유럽의 물가는 상상을 초월한다. 4인이 머무를 수 있는 숙소와 식사, 교통비를 생각하면 크루즈로 여행을 다녀오는 게 더 저렴하게 느껴질 정도다. 2023년을 기준으로 P&O 크루즈 공식 홈페이지에서 노르웨이 7박 8일 상품은 2인실 창문 없는 내실 방을 1인 650파운드(약 104만 원)로 다녀올 수 있다. 숙박비가 하루에 40만 원

이상이 나올 텐데 2인 200만 원으로 식사와 숙박, 교통까지 걱정 없는 노르웨이 피오르 7박 8일이 가능하다.

가성비가 갑 아닌가! 삼시세끼 레스토랑과 뷔페에서 고급스러운 음식을 맛볼 수 있으며, 다양한 이벤트와 볼거리까지 있으니 말이다. 수영장, 자쿠지, 헬스장과 같은 부대 시설도 갖추고 있다.

더듬거리는 영어로 크루즈 여행 예약을 하고, 우리 여행의 첫 성공을 자축하며 맥주 한 캔 땄다. 돌이켜 보면, 전체 여행 일정 중 가장 힘든 난관이었다.

크루즈 항해지도

4.
넣었다 뺐다 짐을 싸다가 느낀 실수

문제는 캠핑할 때 필요한 어마어마한 짐들이다. 야외에서 자고, 밥을 해 먹기 위한 장비를 모두 다 싸서 비행기에 실어 갈 수는 없는 노릇이다. 만약 유럽 도착과 동시에 공항에서 렌터카를 탈 수 있다면 부피가 크고 무거운 텐트까지 챙겨가도 무방하다. 바로 자동차로 직행해서 트렁크에 넣으면 그만이니까 말이다. 그러나 크루즈 여행이 포함된 우리의 일정은 감당할 수 있는 정도의 짐만 챙겨가야 했다. 짐 싸다가 느꼈다. 이건 실수다! 크루즈를 마지막 일정으로 넣었어야 했다. 고생 끝 행복이어야 하는데, 행복 끝 고생이라니.

캠핑의 성지인 유럽에는 '데카트론'이라는 스포츠용품 판매장이 곳곳에 있어서 장비를 구매하기 쉽다. 한국에서 꼭 챙겨갈 물건, 유럽에 가서 살 물건 등을 구분하여 캠핑 장비 리스트를 작성했다.

내가 기록한 짐은 4인 가족용 최소한이다. 여기서 더 줄이려면 줄일 수도 있다. 예를 들어 의자나 테이블 대신 돗자리에서 좌식 생활을 한다거나 에어 매트 대신 바닥에서 잠을 자는 식으로 말이다. 짐이 줄어들면 생활이 불편해진다. 미리 캠핑을 경험해 보고 어디까지의 불편함을 감수할 수 있는지 자신의 스타일을 파악해 보자.

또 하나의 팁은 중고장터 이용이다. 유럽에 와서 캠핑을 즐기고 귀국하는 사람들의 장비를 저렴한 가격에 인수하면 된다. 누군가는 필요 없는 짐을 처분해서 좋고 누군가는 좋은 가격으로 현지에서 장비를 구할 수 있다는 장점이 있다.

유럽 여행의 정보가 가득한 네이버 카페 '유랑', '유빙' 등에 중고품 판매 게시판이 있으니 직접 글을 올려도 된다. 나도 카페 게시판에 구매 글을 올렸는데 운 좋게도 회원 중 한 분이 파리에서 테이블, 가스버너, 쉘터, 그라운드시트, 릴선 등을 넘겨줄 수 있다고 했다. 덕분에 비행기에 부칠 짐의 무게를 줄이고 예산도 아낄 수 있었다.

낚시용 간이의자는 이번 여행에서 정말 잘 챙겼다고 생각하는 아이템이다. 작게 접어서 가방에 넣어 다니다가 아이들이 줄을 서거나 오래 걸어서 힘들어할 때마다 펼쳐 주곤 했다. 세계 각지의 관광객들의 부러움을 산 물건이었다.

한식을 좋아한다면 한국식 양념을 잘 챙기자. 우리는 시판 깍두기 양념과 고춧가루, 고추장, 김, 블록 미역국, 참기름, 라면스프, 누룽지, 카레 가루 등 아이들이 좋아하는 양념과 음식을 위주로 챙겼다. 어딜 가나면을 구하기는 쉬워서 면에 가지고 온 라면스프를 두 숟가락 넣어 쉽게 라면을 끓여 먹었다.

옷이나 담요, 샴푸, 치약 등과 같은 생필품은 가서 구매해도 무방하다. 현지 마트에서도 비싸지 않은 가격에 쉽게 구할 수 있는 물건들이기 때문이다.

캠핑에 정해진 룰은 없다. 럭셔리한 캠퍼밴부터 자전거에 경량 텐트를 싣고 다니는 사이클 캠퍼까지, 실제로 유럽에서 다양한 방식의 캠퍼들을 목격했다.

내가 챙겨간 장비 사진 현지에서 사들일 수 없거나 가격이 비싼 것은 미리 준비해 가면 좋다.

유럽에서 아이와 함께하는 캠핑은 안전하고 저렴하게 숙식을 해결할 수 있고, 여유롭게 자연에서 시간을 보낼 수도 있다는 장점이 있다. 하지만, 언제나 낭만적이고 아름답기만 하진 않다. 힘들 때는 에어비앤비나 아고다를 이용하면 그만이다. 책 제목이 '때때로 텐트 속'인 이유가 있다. 너무 겁먹지는 말자. 여행 준비 별로 안 해도 어떻게든 된다.

한국에서 챙길 물건	현지에 가서 구할 물건
① 전기장판 (더블 사이즈 2개)	⑰ 텐트
② 봄. 가을용 침낭 2개(펼쳐서 쓸 수 있는 종류)	테이블
③ 베개	⑭ 캠핑장용 전기 어댑터
④ (수동펌프 내장형) 에어 매트리스 더블사이즈 2개	⑮ 릴선(15m 이상)
⑤ 코펠 1세트	⑯ 차량용 냉장고
⑥ 전기쿠커 1개	그라운드시트
⑦ 미니 전기 히터 1개	망치
⑧ 설거지 용품 1개	가스
⑨ 돗자리 1개	조리용 칼
⑩ 수저 세트 4개	프라이팬
⑪ 작업용 장갑 2세트	가스버너
⑫ 다용도 끈(빨랫줄로 사용 가능)	라이터
⑬ 조명 3개(큰 것 1개, 작은 것 2개)	
조립식 경량 의자 2개	
낚시용 간이의자 2개	
플라스틱 도마 1개	
조리용 가위, 집게 각 1개	
팝업 바구니 1개(쓰레기통 대용)	
설거지용 매쉬 바구니 1개	
수건 4매	
스텐 머그컵 2개	
락앤락 통 3개	

2장

지구 반대편 도시, 크루즈, 그리고 텐트

1.

알리 익스프레스를 믿었건만

영국, 런던

경유 시간 포함 20시간의 비행을 마치고 런던 히스로공항(Heathrow Airport)에 도착했다.

비행기에서 내리니 "여기가 영국이야? 아직 한국이야?"를 여러 번 물어보는 둘째다. 탔을 때랑 크게 변하지 않은 공항 모습에 이곳이 런던이라는 게 믿기지 않았나 보다. 안내판이 모두 영어로 적혀 있다는 점만 제외하면 한국과 다를 게 없었다.

수화물이 분실되었을까 봐 걱정했었는데, 이민 가방 2개, 26인치 캐리어 하나가 모두 주인을 찾아왔다. 남편이 캐리어와 이민 가방 하나, 내가 나머지 짐과 아이들을 챙겼다. 다양한 인종의 사람들이 북적거리고 악센트가 강한 영국영어가 귀에 때려 박혔다. 낯선 냄새가 나는 복잡한 역을 헤매다 보니 덜컥 아이들이 없어지면 어쩌나 불안해졌다. 짐이 많아 손을 잡을 수도 없었다. 잠시 구석 공간에 데리고 가서 둘이 절대 손을 놓지 말아라, 혹시 길을 잃으면 그 자리에 가만히 있어라, 단단히 이야기해 주었다.

영국의 지하철 내부

여행을 오기 전부터 하도 소매치기에 관한 이야기를 많이 들었던 터라 잠금장치가 있는 크로스백을 알리 익스프레스에서 샀다. 남편은 과하다 며 고개를 저었지만 내가 꼭 필요하다고 고집을 부려 구매했다. 자주 꺼 낼 일 없는 액수가 큰 현금이나 여권을 넣어 다니기 딱 좋아 보였다. 혼 잡한 런던 지하철에서부터 사용하면 되겠다 싶어 의기양양하게 지하철 티켓을 넣고 좀도둑들이 넘볼 꿈도 못 꾸도록 잠금장치를 걸었다. 남편 에게 이 가방의 안전성과 우수성을 증명해 보이려고 가방에 여권과 휴대 폰, 현금 등 귀중품을 몽땅 넣어 놨다. 지하 통로를 한참 걸어 개찰구로 왔다. 지하철 직원과 눈인사하고 티켓을 꺼내려 가방 지퍼를 더듬었다.

세상에, 잠금장치가 고장 났다! 몇 번 여닫았다고 이렇게 고장이 나다니! 알리를 믿었건만. 우리 뒤로 사람들이 오고 있는데, 잠금장치는 풀릴 생각을 하지 않았다. 아이들도 상황을 눈치챘는지, 푸드덕푸드덕 혼자 바쁜 엄마를 말없이 지켜보고 있었다. 개찰구에서 표를 확인하는 직원은 나를 의심스럽게 쳐다보기 시작했다. 얼마나 웃겼을까. 자기 가방과 혈투를 벌이는 사람이라니 말이다. 잠겨있는 두 지퍼 사이에 손가락을 욱여넣어 겨우 티켓을 꺼냈다. 어찌나 급했던지 손가락이 지퍼에 쓸려 생채기가 났다. 남편은 소매치기가 무서워서 귀중품을 영원히 봉인해 둘 생각이었냐며 농담했다.

손가락의 희생으로 무사히 개찰구를 지났다. 긴장이 풀리면서 지하철 통로에서 우리 넷은 배를 잡고 한참을 웃었다. 좀도둑이 아니라 나 자신을 조심해야 했다. 하필 그런 순간 고장 나는 가방이라니. 역시 싼 게 비지떡이라는 말이 맞다. 크로스백은 바로 쓰레기통에 버렸다. 시트콤 한 편 뚝딱 찍으며 런던으로 입성했다.

불안과 기대와 즐거움이 뒤엉켜 두근거리는 심장을 달래며 히스로 익스프레스(Heathrow Express)에 올랐다. 4명이 마주 보는 좌석으로 배정되어 한숨 돌리고 가족끼리 이야기를 나눌 수 있었다.

지하철역 밖으로 걸어 나오자 바로 빨간색 이층버스가 보였다. 드디어 영국이구나!

"우와! 저기 봐! 이층버스야."

아이들이 말했다. 그러면서 버스 위층 제일 앞칸에 타보고 싶다 했다.

빨간색 이층버스는 런던에 왔다는 실감과 앞으로 다가올 여행에 다시 기대감을 불어넣어 주었다.

빨간색 이층버스를 보니 영국에 있음이 실감 났다.

2.

미친 물가, 공짜니까 꼭 간다

빅벤, 자연사 박물관, 내셔널 갤러리, 영국 박물관

지하철을 타고 웨스트민스터 역(Westminster)에서 빠져나오자마자 보이는 웅장한 빅벤(Big Ben)을 보고 우리는 탄성을 질렀다. 오전이라 단체관광객이 별로 없어서 여유 있게 템스강(River Thames)의 웨스트민스터 교를 걸으며 빅벤을 감상했다. 고풍스러운 상아색 건물이 우뚝 서서 런던을 내려다보고 있었다. 빅벤은 웨스트민스터 사원의 엘리자베스 타워(Elizabeth Tower)에 있는 거대한 종을 말한다. 그 종 아래에 빅벤이 있다. 시계는 매우 정확해서 160년 동안 시계 가동이 중단된 적이 딱 4번이란다.

영국 하면 떠오르는 이 아름다운 건축물은 여러 영화에서도 자주 등장한다. 특히 디즈니 애니메이션 〈피터 팬〉에서, 피터 팬과 웬디, 팅커벨이 빅벤의 시계 분침에 서서 네버랜드로 가는 별자리를 찾는 장면이 가장 먼저 떠오른다.

"You can fly, you can fly, you can fly."

배경음악이 자동으로 들린다면 당신은 80년대생이 분명하다.

웬디처럼 시계탑에서 내려다보는 아찔한 런던을 상상해 보았다. 혹시 아는가. 런던에서 잠들면 피터 팬과 팅커벨이 창문으로 찾아와 밤하늘을 비행하게 되는 행운이 올지. 아무래도 애 딸린 몸이라 네버랜드까지 가는 건 사양해야겠지만 말이다.

영국 박물관은 대부분 무료로 운영한다. 자연사 박물관(Natural History Museum)을 가장 먼저 관람했다. 입구에 긴 줄이 늘어져 있었다. 한국에서 짊어지고 온 낚시용 간이의자가 진가를 발휘했다. 아이가 편해야 어른도 편하다.

자연사 박물관에는 가족 단위의 관람객들이 많았다. 어린이들이 체험할 수 있는 장소도 많고 우주, 지리, 동물, 화석 등 전시물과 볼거리들도 많았다. 영어를 잘 해석하지 못하는 아이들도 즐겁게 관람하고 체험에 참여했다.

자연사 박물관은 색깔별로 구역을 나누어 놨는데, 레드존, 그린존, 블루존, 오렌지존이다. 아이들이 특히 좋아했던 곳은 레드존의 일본상점 지진 체험, 블루존의 공룡과 여러 동물 전시관이었다. 레드존은 지구과학과 인간의 진화에 관한 전시를 한 곳이었다. 화산과 지진을 설명하면서 실제 일본의 편의점처럼 만들어 둔 곳에서 흔들리는 지진을 체험할 수 있었다.

자연사 박물관 고래 뼈가 매달린 모습

블루존의 티라노사우루스 앞은 사람들로 북적거렸는데, 실제 살아 있는 공룡처럼 소리도 내고 눈도 깜빡이며 움직이기 때문이었다. 금방이라도 다가와 덥석 물듯했다. 실감 나는 움직임 때문에 아이들이 신기해했다.

내셔널 갤러리(The National Gallery)도 방문했다. 첫째가 학교 미술 시간에 종종 접했던 고흐 그림이 꼭 보고 싶다고 했었다. 아들은 드디어 만난 고흐의 〈해바라기〉 앞에서 한참을 서 있었다. 내가 보고 싶은 그림도 좋지만 내 아이가 그림에 감동하는 모습을 지켜보면 또 다른 기쁨을 느낄 수 있다. 아이들은 고흐가 캔버스에 남긴 도톰하고 선명한 붓과 물감 자국이 신기하다고 했다.

그 밖에도 쇠라, 모네, 르누아르의 작품도 천천히 구경했다. 아이들은 "어! 이거 책에서 봤던 작품인데!" 하며 눈에 익은 그림들을 찾는 재미로 관람했다.

여러 작품 중에서도 폴 들라로슈의 〈레이디 제인 그레이의 처형〉이 나를 사로잡았다. 어두운 배경 가운데 눈을 가리고 하얀 드레스를 입은 앳된 여자가 참수 대를 손으로 더듬으며 찾고 있고 날 선 도끼를 바닥에 둔 채 연민의 표정으로 그녀를 바라보는 형 집행인, 그녀의 운명을 슬퍼하는 여인들이 배경에 등장했다. 권력을 등에 업고 방탕한 사치와 파티를 즐기던 부모와는 달리 내성적이고 학구열이 있었던 그녀는 다양한 언어를 구사할 줄 알고 독서와 사색을 즐기는 지적인 여성이었다고 한다. 결국 자식을 소유물로 여기는 부모의 욕심으로 원치도 않던 여왕의 자리에 올랐다가 9일 만에 폐위되어 형장의 이슬로 사라졌다.

처형 당시 그녀의 나이가 16살. 처형 전에 "드디어 비참한 인생이 끝나고 평화를 누리게 되어 기쁘다."라며 담담하게 죽음을 받아들인 처연한 태도가 연민과 슬픔의 감정을 불러왔다.

〈레이디 제인 그레이의 처형〉

영국 박물관도 런던에 온다면 꼭 들러야 할 곳이다. 유명한 박물관이다 보니 단체 투어 관광객들이 많았다. 이번 여행에서 꼭 해설과 가이드가 필요하다고 생각되는 곳은 가이드 앱(마이퍼스트가이드)을 사용했다.

귓구멍이 작아 이어폰이 잘 빠지는 둘째를 위해 귀에 걸 수 있는 블루투스 이어폰을 준비하여 각자 한쪽 씩 나누어 들었다. 중요한 유물 앞에서 긴 설명을 듣기 위해 여기서도 간이 낚시 의자를 챙겨갔다. 동선이 방해되지 않는 곳에 앉아서 감상했다. 덕분에 4시간이 넘는 시간 동안 영국 박물관에 머무를 수 있었다. 영국 박물관 인포메이션 데스크에서 접이식 간이의자를 대여해 주기도 하는데, 낚시용 간이의자가 훨씬 가볍고 편하다.

영국 박물관 낚시용 간이의자

초등학생인 우리 아이들이 가장 좋아했던 전시물은 모아이 석상과 로제타석, 한국관이었다.

영국 박물관에서 가장 유명한 전시물인 로제타석은 이집트 상형문자를 해독하게 해준 가치 있는 문화재이다. 로제타석은 나폴레옹 제위 당시 프랑스가 먼저 발견했으나, 영국군에 포로로 잡힌 프랑스 군인을 석방하는 대가로 영국이 가져갔다고 한다.

이 사건이 없었다면 루브르 박물관에 로제타석이 전시되었을지도 모른다.

3.

애들 풀어놓고 멍 때리기 좋은 곳

하이드파크, 템스 강변

런던은 1인당 공원의 면적이 뉴욕과 파리의 2배라고 한다. 영국인의 공원 사랑을 엿볼 수 있다. 하이드파크는 런던에서 가장 큰 공원이다. 넓고 관리가 잘된 잔디와 높낮이와 색이 다른 화초를 배치한 세련된 가드닝을 구경할 수 있었다. 원래는 헨리 8세의 사냥터였으나 지금은 잔디에서 피크닉을 즐기는 사람들과 강아지들, 호수에는 백조와 오리들이 떠다니는 평화로운 곳이었다.

나무 그늘이 드리워진 평평한 잔디 위에 돗자리를 펴서 샌드위치와 감자칩을 먹으며 피크닉을 즐겼다. 거위와 백조들은 공원과 호수의 풍경에 우아하게 어우러지는 생명체였다. 여유 있게 깃털을 단장하고 따뜻한 해를 쬔다. 그들도 낭만을 아는 걸까.

간식을 다 먹은 아이들이 호숫가의 조류와 놀기 위해 돗자리를 박차고 나갔다. 새들이 강변에 마구잡이로 싼 똥들을 안 밟으려고 아이들의 발걸음이 한결 신중해졌다. 여기 사는 새들은 먹을 것을 위해 겁 없이 다가

왔다. 특히 감자칩 봉지의 부스
럭거리는 소리에 잘 반응하는 것
을 보니 종종 맛본 적이 있나 보
다. 아이들이 먹이를 주는 척 손
을 가져다 대거나 무엇을 뿌리는
시늉을 하면 근처에 있던 녀석들
뿐만 아니라, 멀리 헤엄치고 있
던 다른 백조무리들까지 주억주
억 근처로 다가왔다. 아이들은
한참 동안 백조 낚시(?)를 하며
놀았다. 결국엔 백조들도 속임수
를 눈치챘는지 느릿느릿 멀어져
갔지만 말이다.

유럽의 백조들은 겁이 없다.

　하이드파크 말고도 여유 있는 시간을 보냈던 곳은 템스강 언저리였다.
템스강을 따라 런던아이에서 타워브리지를 향해 걷다 보면 더 퀸스 워크
가 나온다. 런던의 스카이라인과 타워브리지를 조망할 수 있는 멋진 곳
이다. 근처 잔디밭에 돗자리를 펴서 과자와 음료를 마시며 피크닉을 즐
겼다. 아이들은 비둘기들과 지나다니는 사람들을 구경하고 우리 부부는
비스듬히 누워 템스강과 타워브리지를 하염없이 바라보며 맥주를 마셨
다. 이제야 내가 진정 런던에 있음이 실감이 났다. 요 며칠 런던에 도착
하자마자 박물관, 미술관, 뮤지컬 관람으로 스케줄에 욕심을 부린 뒤 오

랜만에 즐기는 여유라 더없이 달콤했다. 늘 흐리다 맑다 종잡을 수 없던 런던의 날씨였으나 오늘은 밝고 예쁜 햇살이 잔디와 나뭇잎의 초록빛을 더 선명하게 비춰주었다.

하이드파크의 큰 나무들 사이로 산책하기

7월 말의 런던은 따뜻한 기온에 시원한 바람이 부는 우리나라의 초가을 같았다. 지금 서울은 습하고 더운 찜통이겠지.

눈앞에 런던 브리지가 있고, 아이들은 나를 찾지 않고, 악센트가 강한 영국식 영어가 노랫소리처럼 서라운드로 들리고, '런던에 있어서 행복한 나'에 한껏 취했다.

퀸즈 워크에서 멀지 않은 곳에 허기를 달래줄 재래시장이 있어서 긴 시간을 보내기 더 좋았다.

출출해 하는 아이들을 데리고 천년이 넘는 역사를 가진 재래시장, 버로우 마켓에 가보기로 했다. 마켓 입구부터 맛있는 냄새가 진동했다. 여러 나라의 음식과 간식을 구경하면서 사 먹을 수 있고 대부분 카드 결제가 가능하다. 해물빠에야를 주문했다. 직원은 "I love cash."를 연창하며 줄서 있는 손님들에게 은근히 현금을 강요했다. 나는 묵묵히 카드를 건넸다.

버로우 마켓 명물인 해물빠에야는 큰 철판에 만들어 놓고 조금씩 나누어 판다. 국물의 민족이라 그런지, 풍성한 해물과 물기 자작한 뜨끈한 쌀을 한술 떠먹으니 어찌나 맛있던지, 담벼락에 대충 자리를 잡고선 바닥까지 싹싹 긁어 먹었다.

버섯 리조또도 먹어보고 싶었지만, 버섯을 질색하는 아이들 때문에 관두었다. 아이들을 데리고 나온 여행은 늘 아이들 중심으로 맞추게 되는데, 지나고 보니 후회된다. 남더라도 사 먹어볼걸. 혼자라도 다녀와 볼걸. 아이들을 위한 희생만이 능사는 아니다.

인터넷에서 돌아다니던 이야기 중에 딸이 "엄마, 이 나물 맛이 이상해."라고 하자 엄마가 "그러면 놔둬. 나중에 아빠 주게."라는 대화가 큰 공감을 받았었다.

아, 이 얼마나 웃기면서도 슬픈 대화인가. 아빠는 혓바닥도 없냐는 말이다. 사실 남편도 애들 안 먹고 남은 음식 처리 담당이다. 안타까운 현실이다.

결론은 먹고 싶으면 먹자. 아이를 위한다는 핑계로 희생하지 말자.

버로우 마켓 현금은 왕이라는 해물빠에야 가게

4.
우리 가족 인생 뮤지컬 발견

마틸다, 레 미제라블

아이들에게 보고 싶은 뮤지컬을 하나씩 고르게 했다. 내심 가장 최근에 제작된 〈겨울왕국〉을 고르길 바랐건만 둘 다 손사래를 치며 거부했다. 공주는 질색이란다. 그리고 보면 참 신기하다. 둘째는 분명 어린이집에 갈 때 분홍색 공주 옷만 입겠다며 고집을 부리곤 했었는데 지금은 '공주 옷을 좋아하던 나'를 떠올리기만 해도 치욕스럽다는 반응이다. 무엇이 몇 년 만에 그녀를 변화시켰을까.

결국 첫째는 〈레 미제라블(Les Misérables)〉, 둘째는 〈마틸다(Matilda)〉를 골랐다. 두 뮤지컬 모두 영화로 제작되어 아이들이 집에서 관람한 적이 있었다. 그때 접한 작품이 꽤 마음에 들었던 모양이다.

뮤지컬 티켓은 여러 사이트를 비교해서 마음에 드는 곳에서 구매하면 된다. 하지만 예약 대행 사이트에서 아무리 저렴하다고 광고해도 결제할 때 따로 청구되는 예약 비용을 포함하면 공식 홈페이지 가격이 더 나았다. 내가 예약할 좌석에서 보이는 무대의 모습을 사진으로 직접 보여

주고 그 자리에서 공연을 관람했던 사람들의 후기를 볼 수 있는 사이트 (seatplan.com)가 있어 참고하여 자리를 예약했다.

보통 뮤지컬은 하루에 1~2회 공연을 하고, 종류도 다양하다. 그 많은 극장에 빈자리가 별로 없다고 하니 뮤지컬 천국 런던의 위상을 알 수 있었다.

런던의 극장에는 간식을 반입할 수 있다. 음료와 과자를 챙겨가서 쉬는 시간에 먹어도 된다. 극장 들어가기 전 마트에서 구입해 가자.

여행 둘째 날 저녁 7:30에 뮤지컬을 예약했는데, 실수였다. 시차 적응을 하지 못한 상태임을 간과했다.

영어 공연이라 잘 알아듣지도 못하는 데다가 대사가 길어지면 여지없이 졸음이 몰려왔다. 아무리 깨우려 해도 눈꺼풀 무게를 감당하지 못하는 아들이 안타까웠다. 무대의 귀여운 음악, 매력적인 배우들, 허벅지를 때려봐도 졸음을 물리치는 데 큰 도움이 안 되었다. 그렇게 보고 싶던 공연이었건만! 바이오리듬은 중력만큼 거스를 수 없는 힘임을 깨달았다. 나도 곧 고꾸라지는 느낌에 화들짝 놀랐다. 무대에서 열심히 공연 중인 배우들에게 꾸벅꾸벅 인사를 반복해서 미안했다. 끝까지 눈을 부릅뜨고 정신을 차리고 있었던 둘째가 반전이다. 본인이 고른 뮤지컬이어서 그랬는지, 집중력을 가지고 공연을 관람하는 딸에게서 가능성을 보았다. 저 녀석, 큰 인물이 되려나.

〈마틸다〉 뮤지컬에서 가장 유명한 〈When I grow up〉 노래 가사를 들어보면 어른이 되면서 잊어버렸던 어린 시절 보물 상자를 찾아 열어보는 기분이 든다.

"내가 다 자라면 달콤한 사탕이나 젤리를 부모님 허락 없이 매일매일 먹을 거고, 밤에도 늦게 잠들고 말 거야! 늘어지게 늦잠도 자고 애니메이션도 네모 눈이 될 때까지 실컷 봐야지!"

상상만 해도 신나지 않는가. 내가 바라는 대로 행동할 수 있는 어른이란!

어린 날의 나에게는 어른이 아니어서 받는 제약들이 크게 느껴졌었다. 나보다 먼저 태어났다는 이유로 부당한 횡포를 부리는 어른들에게 속절없이 당하기만 하는 힘없는 어린이라는 억울함이 있었다. 그러나 막상 어른이 되어보니 자유를 얻은 만큼 묵직한 책임도 원 플러스 원으로 따라왔다. 지금은 아무 생각 없이 놀다가 가끔 꾸중 듣던 어린 날로 간절히 돌아가고 싶다.

이 여행에서 아이들이 건강하고 안전하게 여행할 수 있도록 부모의 책임을 다하고 있건만 이 녀석들은 자주 망각하고 딱 어린 날의 나처럼 불평을 늘어놓았다. 그래서 여행 내내 우리 부부는 아이들에게 늘 생색을 냈다. 말을 안 하면 어찌 알리오. 예를 들자면 이런 식이다.

"식사를 맛있게 해주니 참 기쁘구나. 만약 너희가 불평했다면 요리하느라 한참 서 있었던 엄마는 힘이 쭉 빠졌을 거야."

주입식 교육은 꽤 성공적이었고 아이들도 부모의 노고를 이해했는지, 아니면 잔소리 듣기 싫어서인지 먼저 도와주려고 했다. 아이들의 협조적인 태도로 여행이 수월해졌다.

뮤지컬 〈마틸다〉를 보고 극장 밖으로 나오려는데 제법 굵은 빗줄기가 내렸다. 우산이 없어서 당혹스러웠지만 지하철역까지 뛰어가기로 했다.

조인성과 손예진이 영화 〈클래식〉에서 서로의 사랑을 확인하고 비가 오는 거리를 함께 뛰는 장면이 떠올랐다. 내 옆에도 사랑하는 사람이 있었고, 비를 피해 함께 손을 잡고 뛰고 있었다. 거기다 이곳은 런던의 극장 거리가 아닌가! 장소만으로도 로맨틱했다. 단지 함께 뛰고 있는 애인이 조인성처럼 키가 크고 잘생긴 남자가 아니라 꼬마 숙녀라는 점은 달랐지만 말이다. 유럽은 어디서 무엇을 하든 영화의 한 장면처럼 느껴지게 하는 마법 같은 곳이었다.

〈레 미제라블〉 극장으로 들어가는 입구

다음 날 저녁 아들이 고른 〈레 미제라블〉 뮤지컬을 보기 위해 극장에 들어가 예약한 좌석에 앉았다. 어제저녁 시차 적응 문제로 극장에 앉아 메트로놈처럼 고개를 흔들던 우스꽝스러운 내 모습을 떠올렸다. 간밤에 잠도 충분히 잤으니 이번에는 졸지 않으리라 다짐했다. 〈마틸다〉는 3층에서 봐서 배우들의 표정 같은 디테일을 감상하기 어려웠는데 오늘은 1층 가장 앞자리 중앙이었다. 우리 좌석에서 바로 1m

아래에 음향을 담당하는 오케스트라가 있고, 그 뒤로 무대가 펼쳐져 있었다. 배우들이 노래 한 소절 마치고 숨을 들이쉬는 모습, 시선의 방향, 감정이 실린 표정과 손짓이 또렷하게 보이니 뮤지컬에 더 흠뻑 취할 수 있었다. 특히, 키 190cm 넘어 보이는 자베르가 뿜어내는 아우라와 침은 압권이었다.

영화 〈레 미제라블〉 자베르는 순한 맛이었다.

다른 뮤지컬보다 긴 역사를 자랑하는 〈레 미제라블〉은 명성만큼 웅장하고 멋졌다. 마지막 합창 피날레는 전율이었다. 극장을 가득 메우는 목소리와 악기들, 가슴이 터질 듯이 벅차오르는 감동에 양옆에 앉은 아이들 손을 꼭 잡았다. 아이들도 같은 마음인지 우리는 커다래진 눈으로 서로를 바라보았다.

멋진 무대에 대한 보답으로 있는 힘껏 박수를 쳤다. 극장 내의 모든 관객이 다 같은 마음이었다. 휘파람 소리와 '브라보!' 하고 외치는 소리, 큰 박수 소리에 배우들이 커튼콜을 하며 인사를 했다.

〈레 미제라블〉이 '내 인생의 뮤지컬이다!'라며 극장을 나왔다. 아이들도 흥분해서는 이 장면이 어떻고 그 장면에서 어땠고, 한참을 조잘거리며 이야기를 쏟아 냈다. 그 이후로 우리는 유럽 여행 내내 자동차를 탈 때마다 〈레 미제라블〉 OST를 듣게 되었다.

5.

크루즈가 오히려 가성비라니

사우샘프턴

런던 빅토리아 코치스테이션(Victoria Coach Station)에서 12시 30분에 예약된 사우샘프턴(Southampton)행 버스를 타야 했다. 그곳에 우리를 태울 대형 크루즈 선박 '아이오나(IONA)'가 기다리고 있었다.

사람이 들어갈 만한 이민 가방 2개와 캐리어 1개, 초등 어린이 2명, 그리고 이 모두를 책임져야 할 어른 둘의 이동이라면 당연히 택시다. 그렇지만 이곳은 런던이다. 시내로 편도 40분 거리에 차라도 막히면 택시비가 수십만 원 나올지도 모른다. 그래서 대중교통을 이용하기로 했다.

무거운 짐과 아이들까지 챙겨 대중교통을 타고 가려니 벌써 진이 빠졌다. 계단 이동이 많은 지하철은 후보에서 탈락했다. 시간은 더 오래 걸려도 한 번에 가는 버스를 타기로 했다. 시내버스 내부에 짐을 둘 수 있는 짐칸이 있어 다행이었다. 버스 도전은 성공적이었다.

빅토리아 코치스테이션은 영국의 각 주요 지역을 버스로 갈 수 있는, 우리나라로 치면 시외버스 터미널이라고 보면 된다.

역무원이 "사우샘프턴! 사우샘프턴!"이라며 목청이 터지라고 외쳤다. 안내용 전광판이나 마이크는 따로 없는 건가. 사우샘프턴이란 말만 듣고 허겁지겁 입구로 가서 승차권을 보여줬더니 더 기다리란다. 알고 보니 사우샘프턴 대학 방향 승객을 부르는 것이었다. 이런 일이 일상이라는 듯 큰 소리로 외치는 역무원이 안쓰러울 지경이었다. 역무원의 일 처리 방식은 마치 런던이 과거에 머물러 있는 듯한 인상을 줬다.

사우샘프턴은 침몰한 타이타닉호의 마지막 출항지로, 영국 최대 항구이다. 뉴욕으로 향하던 타이타닉과 달리 우리를 태울 아이오나는 7박 8일 동안 노르웨이 피오르(fjord)를 거쳐 다시 사우샘프턴으로 돌아올 예정이었다. 19개의 데크와 5,000명의 승객을 수용하는 크고 아름다운 배였다.

비행기 탈 때처럼 승선 전에 인쇄해온 태그를 붙여 수화물을 맡겨야 했다. 게이트로 가서 탑승권을 보여주고 짐 검사 후 승선했다. 수화물에는 크루즈 탑승 시 반입 불가인 전열기들이 제법 있었다. 전기장판이나 전기 쿠커 같은 캠핑용품 말이다. 혹시나 승선 거부를 당하거나 짐을 맡겨야 하면 어쩌나 걱정했는데 짐은 무사히 배정된 룸 앞으로 배달되었고, 걱정 없이 여행할 수 있었다. (전열 기구는 안전상 배 안에서 사용하지 않아야 한다.)

크루즈를 탐험해 보았다. 갑판에 줄지어 있는 선베드를 지나 도착한 크루즈 후미에는 인피니티 풀과 자쿠지, 야외 바가 있었다. 그야말로 움직이는 대형 리조트였다.

따뜻한 물에 몸을 담그고 북해를 바라보았다.

타이타닉이 출항하고 주인공 잭이 갑판에서 바다를 향해 크게 소리를 지르던 장면이 떠올랐다. 나 역시 가슴이 뻥 뚫릴 듯이 탁 트인 바다와 여행의 설렘으로 '야호!' 하고 외치고 싶었다.

8일을 머물 객실도 확인했다. 좋은 방일수록 배의 위쪽에 있었다. 풍경은 갑판에서 보면 되고, 어차피 잠자는 침대는 똑같으니 가장 저렴한 방을 선택했다. 우리 방은 선실 중 가장 아래에 있는 데크 4에 있었다. 덕분에 기억에 남는 에피소드가 있다. 배의 후미에서 엘리베이터를 탔다. 영국인으로 보이는 남성이 먼저 타고 있었다.

"몇 번 데크로 가세요?" 하고 그가 나 대신 버튼을 눌러주려고 물어보았다.

"데크 4, 고맙습니다."

그런데 엘리베이터 버튼이 데크 5번까지만 있었다. 배의 후미에서는 데크 4로 연결되지 않았다. 데크 4번을 찾느라 버튼 앞을 방황하던 손가락을 접으며 영국 신사가,

"여기 데크 4번은 없어요. 거기 엔진실 아닌가요?"라고 했다.

이 상황이 시트콤의 한 장면처럼 우스웠다.

"맞아요, 엔진실 옆이라 방이 따뜻하답니다."

나는 방 카드키를 흔들며 대답했다. 그 신사와 나는 둘이 얼굴이 벌게지도록 웃었다. 신사는 미안함을 곁들인 웃음, 나는 민망함을 곁들인 웃음이었다.

수영복으로 갈아입고 따뜻한 자쿠지에 몸을 담그며 노르웨이 크루즈 여행의 시작을 자축했다. 드넓은 북해를 가르며 천천히 이동을 시작한 크루즈는 이틀 뒤면 노르웨이에 도착한다. 사우샘프턴 항구가 점점 멀어지고 있었다.

6.

캠핑 여행에 드레스를 챙겨온 이유

선상 파티

저녁이 되면 선실에 크루즈 매거진이 배달된다. 다음 날 일정이나 공연, 쇼핑에 관한 상세한 정보가 들어 있어서 찬찬히 살펴보고 오픈 공연장에서 하는 어린이 쇼나 서커스, 가족 행사에 시간에 맞추어서 참여하면 된다.

휴대폰에 앱을 깔아 8일 동안 식사할 레스토랑이나 관람할 공연을 예약해야 했다. 인기가 있는 선내 레스토랑이나 공연은 일찍 마감되었다.

뷔페는 늘 오픈되어 있고 패스트푸드 바도 있어서 수영을 마치고 간단히 요기할 수 있었다. 미리 레스토랑을 예약해 두면 웨이터의 서비스를 받으며 예쁜 식기로 식사를 할 수 있었다. 이게 바로 귀족의 삶이지 뭐란 말인가! 하루하루가 빠르게 지나갈까 봐 걱정이었다.

나란 사람은 자연 속 산책이나 등산, 자전거 타고 도서관 가기 같이 소박한 일상이 취향인 줄 알았는데, 오늘부로 취소다. 나는 지극히 편안함과 고급스러움을 좋아하는 사람이었다. 해본 적이 없어서 깨닫지 못했을 뿐이었다!

크루즈 내부 사진 수영장과 야외 바가 있다.

영국인들 사이에서 티 타임 즐기기

둘째 날 저녁은 '축하의 밤'이라는 선상 파티가 열린다. 크루즈 여행의 시작을 축하하고 샴페인을 마시며 이야기를 나누는 시간이었다. 이날만큼은 멋진 드레스와 턱시도를 입어야 한다.

크루즈에서는 날마다 권장 옷차림이 있었다. 어느 날은 캐주얼, 어느 날은 포멀한 스타일 등 크루즈 매거진에 기재되어 있었다.

짐이 많으면 여행이 힘들어진다. 짐을 쌀 때 턱시도나 드레스는 부피가 크니까 고민이 되었다. 나는 단정한 흰색 롱 원피스와 남편은 베이지색 긴 면바지에 반소매 와이셔츠, 딸은 본인이 직접 고른 흰색 샤 원피스, 아들은 리본 타이와 반소매 셔츠를 챙겼다. 인터넷과 유튜브로만 접한 크루즈 선상 파티를 실제로 경험해 본다 생각하니 몹시 기대되고 설레었다. 아이들도 빨리 리본 타이와 드레스를 입고 싶다며 야단이었다. 며칠 새 다른 짐들 사이에서 구깃구깃해진 셔츠와 원피스를 선박 내부 세탁실에 비치된 다리미로 다렸더니 새 옷 같아졌다.

엘리베이터에서 만난 사람들은 풀 메이크업에 화려한 드레스와 완벽한 정장을 갖춰 입고 있었다. 영화배우들이 시상식장 가는 바로 그 차림으로 말이다. 남자 어린이들도 셔츠에 넥타이, 정장 재킷에 왁스를 바른 헤어스타일까지 한껏 꾸미고 있었다. 한국에서 파티라는 건 생일 파티밖에 안 해본 나로서는 문화충격이었다. 원피스라도 잘 챙겨서 다행이었다. 다른 사람들 다 정장 입는데 나만 반바지에 티셔츠에 슬리퍼 신고 방에서 나갈까 말까 고민할 뻔했다.

바에서 샴페인을 마시며 사람들이 입은 드레스와 정장을 구경하는 재미도 쏠쏠했다. 징이 박힌 가죽 정장에 카우보이 모자, 날렵한 선글라스로 펑키한 커플룩을 하신 노부부가 가장 인상적이었다. 얼마나 개성 있고 멋져 보이던지 흘끔흘끔 쳐다보면서 같이 사진 찍자고 말할 기회를 노렸다. 하지만 내가 망설이는 사이 다정하게 이야기를 나누던 두 분이 팔짱을 끼고 가버리셨다. 노년의 인생을 패션으로, 여행으로, 사랑으로 즐길 줄 아는 그 부부가 빛나 보였다. 나도 남편과 함께 저렇게 나이 들고 싶다.

대형극장에서 열리는 선상 파티 축하 뮤지컬 공연을 보고 예약해 둔 퓨전 인도식 레스토랑에 저녁을 먹으러 갔다. 랍스터가 맛있다고 해서 기대한 레스토랑인데 입구에서 들어가지 못했다.

오늘 드레스 코드는 정장인데 남편의 반소매 와이셔츠 때문에 입장이 안 된다고 했다. 레스토랑 매니저가 긴팔 정장으로 갈아입고 올 수 있냐고 하는데 난감한 표정을 하고 서 있으니 그럼 예약을 내일로 바꾸어 주겠다고 했다. 내일은 캐주얼도 허용되는 날이라는 설명을 덧붙였다. 배려해 주어서 고맙다고 했더니 내일 오면 바로 자기를 찾으라며 매니저가 자신의 명함을 내밀었다.

인생 처음으로 입구 컷을 경험해 봤다. 허망함과 허기가 밀려왔다.

"아, 다행이다. 내일이라도 랍스터 먹을 수 있어서."

아이들이 말했다. 랍스터가 전설적인 음식인 줄 아는 아이들 말에 웃음이 터져 나왔다. 엄마가 자주 사줄 수 있는 음식이 아니긴 하다. 내일 다시 오자며 아쉬움을 뒤로하고 우리는 뷔페에서 저녁을 해결했다. 만약 시간을 돌려 이런 상황을 알고 다시 짐을 싼다 해도 여전히 남편의 정장

재킷을 넣을 생각은 없다. 여행하는 두 달 내내 입을 일이 거의 없지만 버리지도 못하고 부피는 차지하는 애물 덩어리였을 테니까 말이다. 그래도 내 드레스는 다음에도 챙길 테다.

크루즈 디너 파티 오빠의 에스코트를 받으며 계단을 오르는 동생

7.

아찔한 절벽 길을 걸어 보셨나요

노르웨이, 프레이케스톨렌

기항지 관광은 두 가지 방법이 있다. 첫 번째는 크루즈 공식 홈페이지에서 사전에 예약하는 방법이다. 이 경우, 예약한 크루즈 선실에 따라 다르게 주어지는 크레딧(배에서 사용할 수 있는 비용이다. 선내에서 판매하는 주류, 물건이나 관광상품 구매가 가능하다.)을 사용할 수 있다. 크루즈 근처에서 출발, 도착하도록 일정이 짜여 있다. 가이드도 동행하기 때문에 편안한 여행이 가능하지만 가격이 비싸다. 두 번째는 주어진 시간만큼 기항지에서 자유롭게 개별적으로 여행하는 방법이다. 저렴하지만 대중교통을 이용하거나 길을 알아서 찾아야 하므로 품이 든다. 가격이 조금 차이가 나면 모를까, 2배 가까이 차이가 나므로 당연히 후자를 선택했다. 죽으면 썩어 문드러질 몸뚱이, 건강할 때 굴려야 한다.

크루즈 선박 사진 정박하여 있는 '아이오나'

첫 번째 기항지는 노르웨이 스타방에르(Stavanger)다. 기항지 여행 예약그룹을 위풍당당하게 지나쳐 동네 버스 정류장으로 향했다. 오전 10시에 항구 근처 정류장에서 분홍색 버스가 프레이케스톨렌(Preikestolen, Pulpit rock)으로 간다는 정보를 알고 있었기 때문이다. 그러나 버스 정류장이 한두 군데가 아닌 데다가 근처에 고속버스터미널도 있어서 근방을 헤맸다. 고속버스터미널에서 기사님으로 보이는 분께 우리의 목적지를 이야기하며 물어보니 여기가 아니고 아래쪽에 있는 정류장이라고 친절히 알려주셔서 부리나케 뛰었다. 물론 우린 홑몸이 아니기에 부부가 각자 아이 하나씩을 책임지고 어르고 달래가며 달려야 했다.

정류장(Radisson Bu 호텔 앞)에 과연 분홍색 버스가 서 있고, 4명 왕복표를 그 자리에서 구매했다. 아이패드로 이름부터 사는 곳, 휴대전화 번호까지 입력해야 해서 한참 걸렸지만, 무사히 탑승할 수 있었다.

목적지까지 40분이 걸리는 이 버스를 타는데 1인 450NOK, 우리나라 돈으로 5만 3천 원이다. 경량 패딩을 입어야 할 정도로 서늘한 기온만큼 간담이 서늘한 노르웨이 물가다.

우리가 가려는 프레이케스톨렌은 성인 걸음으로 왕복 4시간 거리에 있는 깎아지른 절벽으로 노르웨이 3대 트레킹 코스 중의 하나다. 산행하기 전 미리 화장실에서 일을 보고 트레킹 코스를 따라 천천히 오르기 시작했다. 미세먼지 없는 깨끗한 공기와 싱그러운 숲 냄새, 쭉쭉 하늘을 향해 뻗은 이국적인 나무들, 자연으로의 산책은 언제 어디서나 좋다. 길가와 숲, 나무 그늘 어디에도 쓰레기 한 점 보이지 않았다. 자연을 소중히 보호할 줄 아는 노르웨이인들의 마음가짐이 느껴졌다.

깨끗한 환경과 더불어 개와 함께 하이킹을 즐기는 모습이 인상적이었다. 이런 산행이 익숙한지 개들은 보호자와 박자를 맞추어 산길을 오르내렸다. 바로 뒤에서 따라오던 덩치가 크고 흰색 털이 복슬복슬한 개는 다른 개를 만나면 짖어대는 통에 보호자가 당혹스러워했다. 하지만 그 누구도 못마땅한 눈길을 주거나 불평하는 사람이 없었다. 동물뿐 아니라 어린이들에게도 엄격한 잣대를 들이대고 혹시 아이를 방임하는 이른바 '맘충'으로 보일까 봐 늘 자기검열을 해야 하는 한국에서와는 달리 허용

적이고 너그러운 유럽의 분위기가 부러웠다.

가파른 경사로가 있어서 힘이 들었다. 처음에는 씩씩하게 앞서던 아이들이 자꾸 뒤처졌다. 남편이 아이들 목말을 태워 주기도 하며 어렵게 올라갔다. 공평하지 않으면 억울해 죽으려는 아이들 때문에 첫째와 둘째를 번갈아 가며 목말을 태우느라 남편이 고생했다.

위험천만한 낭떠러지 길은 예상치 못해 무서웠다. 우리나라는 조금만 위험해도 안전 표지판이나 난간을 설치하여 사고가 없도록 배려해 주지만 여기는 발을 잘못 디디면 아득한 절벽 아래로 떨어질 수도 있었다. 가는 사람, 오는 사람이 좁은 길에서 서로 뒤엉키다 보니 더 아슬아슬하게 느껴졌다. 혹시나 몸이 기우뚱하지 않게 온 신경을 집중하여 한 걸음 한 걸음을 신중히 디뎠다. 스릴러 영화 속 주인공이 도시를 날려버릴지도 모르는 폭탄을 해체하기 위해 작은 니퍼로 조심조심 빨간 전선을 끊어내는 느낌으로 말이다. 함께 올라오던 하얀색 개도 겁을 먹어서 주춤주춤했다. 고소공포증은 동물이나 사람이나 똑같이 적용되나 보다.

인간의 간섭이라고는 전혀 없는 자연이 만들어 낸 웅장함을 보았다. 낭떠러지 끝에 아슬아슬하게 서서 인생샷을 남기는 사람들을 바라보기만 해도 오금이 저렸다. 일부러 깎은 듯 평평한 바위 위에서 기도하면 절대적인 존재가 오롯이 들어줄 것만 같은 공간이었다.

높은 곳에서 바라보는 피오르(fjord)의 절경도 숨 막히게 아름다웠다. 웅장한 석산이 만드는 곡선과 그 사이로 흐르는 깊은 계곡, 한없이 멀리까지 켜켜이 쌓인 구름, 거대한 자연은 주변 모두를 아우르는 오케스트라였다.

노르웨이 절벽을 다니는 사람들 낭떠러지로 떨어질 듯 아찔한 길이다.

겁 없는 첫째는 아빠를 따라 절벽에 도전하러 갔다. '이제 제발 그만 가!'라고 내가 육성으로 외치기 직전까지 아찔한 절벽 가장자리로 가서 그 아래를 내려다보았다. 아들은 분명 겁이 많은 나와는 다른 DNA를 가졌을 것이다.

하산은 훨씬 수월했다. 내리막길을 산양처럼 폴짝폴짝 뛰어 내려가는 아이들 뒤꽁무니를 쫓았다. 높은 곳에서 주위 풍경을 구경하며 내려가다 보니 시간이 금세 지나갔다. 남편도 나도 내려가다 말고 여러 차례 멈춰서 주변의 절경에 '우와' 하고 감탄했다.

아이들을 데리고 왕복 4시간 만에 스타방에르로 돌아가는 핑크 버스에 올랐다. 버스 기사님이 아이들을 보고 절벽까지 가보았냐고, 빨리 다녀왔다며 깜짝 놀라셨다. 꾸준한 수영과 동네 놀이터에서 술래잡기로 체력이 다져진 첫째와 둘째 덕분에 노르웨이 3대 트레킹 코스를 무사히 다녀올 수 있었다.

프레이케스톨렌 펄핏락에서 인생샷을 찍는 사람들. 나는 감히 그러지 못했다.

8.

아이들은 빙하보다 라즈베리

올덴

두 번째 기항지는 올덴(Olden)이었다. 배에서 내리면 바로 근처에 브릭스 달 빙하(Briksdalsbreen)로 가는 버스표 판매소가 있었다. 목적지까지 가는 산행로 정류장에 내려주면 거기서부터 올라가면 되었다.

지난번 왕복 4시간 산행으로 힘들었던 프레이케스톨렌의 기억 때문인지 아이들이 투덜거렸다. 그 불평이 싸악- 사라진 계기는 산행로 초입부터 잔뜩 열려 있던 야생 라즈베리를 발견하고부터였다. 탐스럽고 빨간 열매가 나뭇가지에 올망졸망 많이도 달렸다. 지금이 딱 노르웨이 라즈베리 철인가 보다. 첫째가 가시를 피해 조심스럽게 딴 라즈베리를 내 입에 넣어주었다. 새콤달콤하면서 오도독 씨앗이 씹히는 재밌는 맛이었다. 아이들은 열매를 수집하느라 바빠졌다.

내리막길 가시덤불 안쪽에 커다랗고 붉은 알맹이가 보였다. 자세를 낮춰 무게중심을 뒤에 두고 다가가 보았다. 손에 잡힐 듯, 말 듯 하여 팔을 더 뻗어 보았다. 미끄러워 넘어질까 봐 반대쪽 손을 땅에 짚는 순간 느껴

통통한 라즈베리를 따 먹는 재미가 있는
노르웨이 숲

지는 미끄덩하는 기분 나쁜 감촉, 개똥이었다.

이런. 눈앞의 욕심에 주변의 안전을 도모하지 못했다.

"나 개똥 만졌어."

수줍은 고백에 첫째가 '꺄악' 하고 뒷걸음치다가 내 인간 존엄을 망가뜨린 그 물건을 발로 뿌직 밟고 말았다. 우리 둘은 사이좋게 화장실에 가서 깨끗하게 수습했다. 동지가 있어 고독하지 않았다. 이 사건 이후로 아이들이 나 대신 아빠의 손을 잡겠단다. 잠깐의 더러움으로 보행의 자유를 얻었다.

에메랄드빛 계곡물을 따라 평탄한 길을 걸었다. 우리 주변으로 높은 돌산들이 둘러싸고 있었다. 저 돌산 위로 쌓인 만년설이 녹아서 이 계곡과 폭포로 흐르고 있었다. 계곡에 손을 담가보았다. 쩡, 하고 손이 얼 듯이 차가웠다.

경사가 가파르지 않아서 이야기를 나누며 걷기 딱 좋았다. 따뜻한 햇살이 물결, 나무껍질, 내 살갗 위에 조각조각 부서져 앉았다.

그늘진 숲에는 초록색 이끼를 잔뜩 두른 바위들이 앉아 있었다. 이 바위들, 어딘가 많이 본 듯이 낯익다고 했더니 디즈니 애니메이션 〈겨울왕국〉에서 데굴데굴 굴러다니던 돌덩이 트롤들이다. 아이들에게 여기 돌멩이들은 건드리면 손, 발, 눈, 코, 입이 생기고 말할 수도 있다며 너스레를 떨었다.

"아이, 무슨 말도 안 돼."

하면서도 유심히 살펴보는 아이들이다. 실제 〈겨울왕국〉은 노르웨이 도시를 참고하여 제작했다고 한다. 산 너머에 안나와 엘사가 사는 아렌델 마을로 소풍 가는 기분으로 걸어보았다.

콰르르 물이 세차게 부딪히는 소리가 들리고 비가 온 듯 바닥에 물기가 흥건했다. 산 위의 빙하가 녹아서 만들어진 많은 물이 고함 소리를 내며 떨어지고 있었다. 거기서 튄 고운 물방울 입자들이 햇살과 만나 동그란 무지개가 생겼다. 우리는 급한 것도 없는데 무지개를 향해 달렸다. 입이 떡 벌어지는 풍경은 정교하게 만들어진 그래픽같이 비현실적으로 느껴졌다. 떨어지는 물줄기들의 비규칙적인 움직임과 피부로 느껴지는 물방울의 시원함, 우리가 느낀 놀라움을 사진으로 다 담기는 역부족이었다. 아이들은 폭포 근처로 왔다 갔다가 하면서 강아지처럼 옷을 적시며 즐거워했다. 폭포를 거슬러 계속 오르다 보니 산꼭대기에 걸쳐 있는 빙하가 나타났다. 거대한 보석 같은 덩어리였는데 하얀색 물감을 풀은 물에 파란색, 초록색 물감을 한 방울씩 떨어뜨린 색이었다. 둘째 딸아이가 저 빙하를 맛보면 분명히 달콤한 소다 맛이 날 것이라고 했다.

배로 돌아가는 길에 라즈베리를 누가 더 많이 먹었느냐로 남매가 다투었다. 아침에는 깨가 쏟아지더니 지금은 뚝 떨어져서 걷는다. 오늘 라즈베리가 우리 가족을 웃기고 울렸다.

올덴의 폭포 우렁차게 떨어지는 폭포 끝에 걸린 무지개

8일 동안의 크루즈가 끝나가는 마지막 날. 바다를 바라보며 따뜻한 자쿠지에서 이야기를 나눴다. 노르웨이의 놀라운 자연, 앞으로 가볼 또 다른 나라들에 대해 궁금함을 주고받는 대화였다. 한국에서도 늘 함께 있지만 대화를 오랫동안 나누지는 않았다. 엄마는 늘 숙제를 점검한다고 "했니, 안했니"로 대화를 시작하다 보니 아이들이 대화를 이어가고자 하는 마음이 생길 리가 없었다.

지금은 하고 싶은 말, 듣고 싶은 말이 많아졌다. 행복해하는 가족을 보는 것은 나의 큰 즐거움이다.

2023년8월2일(쉬)날씨: ☀ 해

㉑ 엄마의 똥손 ⑤

오늘 브릭스달 빙하를 보러 갔다. 브릭
스달 빙하는 엄청 큰 빙하이다. 우리
는 브릭스달 빙하를 보러 버스를 탔다. 버
스를 타고 45분 동안 기다렸다. 버스에서
내리고 근처에 있는 라즈배리를 따먹
었다. 엄마는 넘어졌는데 손을 짚은 곳
이 개똥이였다. 그리고 나도 실수로 라
즈배리를 따다가 개똥을 밟았다. 난
엄마와 화장실에 가려고 손을 잡았다
하지만 하필이면 그 손이 개똥손이였다.
결국 난 많이 웃은 뒤에 화장실에서 손을
씻었다. 참 웃기고 행복한 날이였다. —끝

9.

우리, 파리에서 집 샀어요

프랑스, 파리

이제 좋은 날은 갔다. 고급스러운 부대시설과 다른 사람의 손으로 정리된 깨끗한 침구에게 작별 인사를 했다.

유로스타(Eurostar)를 타고 런던에서 파리로 넘어가면서 남편과 나는 비장한 각오를 다졌다. 포근한 보금자리에서 벗어나 절벽 위에 떠밀려진 아기 새가 된 느낌이었다. 떠밀려진 아기 새는 나는 법을 터득했으니, 우리도 이 도전 뒤에 무언가 배우게 되리라 믿으며 발걸음을 떼었다.

생각보다 늦게 파리에 도착하는 바람에 예약해 둔 리스 차를 받을 수 없었다. 갑자기 1박을 해야 했다. 뒤늦게 역 근처 호텔을 알아봤는데, 헉 소리가 났다. 시설은 별로인데, 1박에 35만 원이 넘었다. 유럽의 미친 물가를 뼈저리게 느꼈다.

다음 날 오전, 52일 동안 우리를 태워 다닐 자동차를 만났다. 쥐색의 덩치 큰 SUV가 위풍당당하게 서 있었다. 반짝반짝 광이 나는 녀석은 빨간색 번호판을 달고 있었다. 리스 자동차라는 표시였다.

차를 끌고 먼저 갈 곳은 중고 캠핑용품을 인수하기로 한 장소이다. 유럽 여행카페 '유빙'에 중고 캠핑용품을 구매하고 싶다는 글을 남겼었는데 파리 현지에서 거래하기로 했다. 해외에서 오랜만에 대화할 수 있는 한국인을 만난다고 생각하니 친구를 만나러 갈 때처럼 들떴다. 크루즈에서는 한국인이 한 명도 없어서 한국 사람이 그리웠던 차였다.

튼튼한 새 자동차야, 여행을 잘 부탁한다.

나와 비슷한 또래로 보이는 여성분이 약속 장소에 우리를 마중 나와 있었다. 7살 아들과 둘이 캠핑하러 다녔다며 햇볕에 건강하게 그을린 팔로 장비를 건네주셨다. 테이블과 릴선, 쉘터, 2구 버너, 코펠, 그라운드 시트 등 캠핑에 꼭 필요한 용품들이었다. 그뿐 아니라 익숙한 빨간색 코스트코 가방에는 모기향, 어린이용 침낭, 간이 테이블 등 받기로 한 물품보다 더 많은 물건이 들어 있었다. 캠핑장에 관해서 물어보고 여행 경험도 들어보고 싶었는데 시간이 허락되지 않았다. 환한 미소로 배웅해 주는 그녀에게서 단단함이 느껴졌다. 엄마와 어린 아들 둘이도 유럽 땅에서 캠핑 여행을 하는구나. 건네받은 것은 물건뿐만이 아니라 첫 도전에 대한 자신감과 안도감도 함께였다.

자! 이제 우리의 집을 사야겠다. '데카트론(Decathlon)'이라고 목적지를 입력했다. 내비게이션에서 프랑스어가 흘러나왔다. 얼른 영어로 수정했다.

첫 쇼핑에서 우리는 헛걸음했다. 30분가량 매장을 샅샅이 살펴보았는데 점찍어 놓았던 텐트를 발견하지 못했다. 시작부터 차에서 자야 하나 걱정이 되었다. 뒤늦게 매장 직원을 찾아 텐트 사진을 보여주며, 파파고 앱을 이용해 물어봤다.

"나는 이 텐트 사고 싶습니다. 오늘 밤에 씁니다. 이것 못 사면 길에서 자야 합니다."

하며 농담이 적힌 휴대전화 화면을 보여주자, 직원이 웃으며 우리가 갈 목적지를 물었다.

"스위스로 갑니다."

내가 대답했다. 그러자 직원은 스위스로 가는 방향에 있는 데카트론 매장을 검색하여 재고가 있는지 알아봐 주었다. 여기서 얼마나 운전하면 되는지, 물건 구매 전에 홈페이지에서 해당 매장의 재고 확인하는 법까지 덤으로 알려줬다. 그의 따뜻한 마음이 문장이 되고, 다시 번역되어 휴대전화 창에 나타났다.

나는 금세 프랑스가 좋아졌다. 이렇게 친절한 사람이 있다면 프랑스는 멋진 곳임이 틀림없으니까!

직원이 알려준 다른 매장으로 가서 원하는 텐트(아르페나즈 4.2)를 구매했다. 애벌레 모양을 한 텐트로, 이너 텐트가 2개 있어서 각 2명씩 나누어 취침할 수 있는 구조였다. 가격은 180유로, 25만 원 정도로 호텔에서 1박 하는 가격보다 쌌다. 드디어 당분간 살아갈 우리 집을 마련했다. 트렁크에 새집을 싣고 나니 든든했다. 나는 파리 1주택자다.

3장

오늘 텐트 밖은
설산,
다음 날은
무계획!

1.

이 텐트 절대 비추천! 그래도 낭만

이종

스위스 알프스로 가는 길은 두 가지다. 부르고뉴(Bourgogne) 방향과 스트라스부르(Strasbourg) 방향이다. 스트라스부르 근처에 꼭 가고 싶었던 캠핑장에 전화를 해봤더니, 자리가 없었다. 그래서 홧김에 부르고뉴 쪽으로 가기로 했다. 이런 게 자유 여행이다!

구글맵을 열어 근방의 캠핑장을 검색하였다. 한적하고 공간이 넓다는 리뷰를 보고 퐁두락 캠핑장(Camping Pont du Lac)이라는 곳으로 정했다. 도착했더니 리셉션은 이미 문을 닫았다. 안내문에는 이용할 사람은 먼저 원하는 곳에 텐트를 피칭하고 다음 날 리셉션이 오픈할 때 비용을 지불하라고 적혀 있었다.

아이들에게 텐트 칠 자리를 같이 골라보자고 했다. 바닥이 평평하고, 전기 박스가 가까이 있으며, 공간이 넓으면서 나무 그늘도 있고, 사람은 많지 않은 곳을 욕심껏 신중히 골라 피칭을 시작했다.

우리가 구매한 텐트는 자립이 되지 않았다. 바닥에 팩을 박아 한쪽을 고정한 다음 뼈대를 끼운 뒤, 당겨서 세우는 방식이었다. 그 원리를 몰라서 자꾸 쓰러지는 텐트를 보고 우리 부부는 차박을 해야 하나 불안했다.

폴대 4개 중 한 쌍은 길이가 나머지보다 더 길었지만, 구분 안 하고 끼워 넣는 바람에 다시 해체하느라 시간을 낭비했다. 텐트는 아직도 바닥에 흐늘흐늘 누워있는데 노동으로 배가 고팠다. 집도 없이 꾸물거리는 민달팽이가 된 기분이었다. 캠핑 초보라면 이 텐트는 절대 비추천이다! 세상은 넓고 텐트는 많다. 폴대 앞에서 제사 지내고 싶다면 사도 좋다.

아이들은 우리 부부가 고군분투하는 사이 의자를 조립하고 장 봐둔 음식을 알아서 찾아 먹었다. 유튜브 영상을 참고하여 꼬박 두 시간 동안 텐트 피칭을 마무리했다. 초보 캠퍼인 우리는 쭈그렁 하게 선 텐트를 보고 손뼉을 치며 좋아했다. 제품 소개페이지에서 보았던 판판하고 주름 하나 없이 펼쳐진 텐트랑은 거리가 있었지만, 해냈다는 기쁨, 집이 생겼다는 안도감, 예상보다 아늑하고 넓은 실내 덕분에 행복해졌다. 하지만 자주 장소를 옮기지는 말자고 다짐했다. 한번 피칭을 하면 적어도 3일은 머무르는 게 좋겠다고 말하자 함께 땀을 흘린 남편이 격하게 고개를 끄덕였다. 텐트 피칭과 철수는 고된 과정이었다.

캠핑장 오는 길에 샀던 돼지고기와 양파를 볶아 저녁을 준비했다. 전기 쿠커에서 쌀이 밥이 되려고 용을 쓰느라 하얀 김이 모락모락 올라오고 아이들은 아기 엉덩이같이 포실하게 잘 익은 납작 복숭아를 개수대에서 씻어 왔다. 노동 후 먹는 밥맛이란! 쌀도 푸석하고 반찬도 몇 가지 없었지만, 아이들도 맛있다고 먹는 속도를 높였다. 달콤한 납작 복숭아로 입가심까지 완벽하게 했다.

누군가 요새 밥맛이 없다고 하면 텐트 피칭을 권해보자. 힘든 일 후 야외에서 먹는 밥 한술에 집 나간 입맛이 돌아올 테니 말이다.

처음 펼친 텐트 옆에서 아이들이 뛰어논다.

깔끔하게 잘 청소된 공용 샤워실에서 씻고 옹기종기 텐트로 들어갔다. 프랑스는 8월인데도 저녁이면 가을밤처럼 쌀쌀하고 바닥에서 냉기가 올라왔다. 한국에서부터 이고 지고 온 전기장판이 빛을 발했다. 이 예쁜 것을 누가 발명했는지, 버튼만 켜면 뜨끈하게 보일러를 올린 한국 아파트를 소환했다. 아이들은 저들끼리 이야기를 나누느라고 건너편에서 낄낄댔다. 따끈하게 데워진 침낭에 몸을 누이자, 치즈처럼 온몸이 녹진해졌다.

텐트 천정에 툭툭 소리가 들렸다. 비가 오나 귀 기울이니 곧이어 후드득 물방울이 부딪히는 소리가 났다. 텐트 치고 밥 먹을 동안 참았다가 지금에서야 내려주는 비가 고마웠다. 첫날부터 낭만 중의 낭만인 우중 캠핑이라니. 이쯤 되니 세상 전부가 우리 여행을 응원해 주는 건가 싶었다. 빗소리를 들으며 까무룩 잠에 빠져들었다.

텐트에서의 첫날부터 우리는 꿀잠을 잤다.

새로 구매한 텐트는 비 새는 곳 없이 밤새 거뜬했다. 가지런히 밖에서 텐트를 지키던 슬리퍼에 물방울이 잔뜩 엉겨 붙어 있었다. 잠기운은 차갑게 젖은 슬리퍼를 신으면서 화들짝 달아났다.

하루를 지내보니 사람들이 왜 비슷한 장소에 모여 있는지 알게 되었다. 화장실과 샤워실, 개수대가 근처에 있어야 생활하기 편리했기 때문이다. 또 텐트 현관을 길 쪽으로 두지 않고 등지게 두는 이유도 알게 되었다. 길 쪽으로 현관을 두니 지나다니는 사람들에게 텐트 내부가 다 보여서 프라이버시가 과도하게 노출되기 때문이다. 보여주고 싶지도, 보고 싶지도 않은 속옷 말리는 장면이나 정리 안 된 너저분한 옷가지나 식자재들 말이다.

이렇게 하나씩 캠린이는 캠핑하는 방법을 알아갔다.

예술과 역사의 도시 디종은 고풍스러운 건물도 흥미롭고 머스타드를 판매하는 가게들도 구경하기 좋았다. 1850년부터 사용된 브라운 머스타드 씨와 화이트 와인을 섞어서 만든 머스타드 소스가 디종에서 유래했다

고 한다. 예쁜 유리병에 넣은 머
스타드는 귀여운 기념품이었다.

바닥에 박힌 올빼미 화살표가
관광객들에게 주요 명소로 안내
했다. 아이들을 데리고 바닥에
박힌 올빼미 화살표를 찾아서 걷
는 재미가 있었다. 표식을 따라
가다 보니 노트르담 성당 예배당
벽에 붙어 있는 작은 올빼미 조
각을 만날 수 있었다. 왼손으로
만지면 소원이 이루어진다는 전
설이 있어서 수많은 손길로 반들

길바닥의 올빼미 표식을 따라가며 관광하였다.

반들해졌다. 나는 올빼미를 어루만지며 안전하고 행복한 여행이 되기를
빌었다. 아이들이 손대기에는 높이 있어서 안아서 들어 올려 주고 소원
을 빌어보라 했다.

"우리 가족이 건강하게 오래 살게 해주세요."

둘째가 소원을 말한다.

"게임 현질 할 수 있게 해주세요."

첫째도 말한다. 아들은 요즘 게임에 푹 빠져 있다. 게임을 좋아할 뿐이
지 절대 게임중독은 아니라고 항변하곤 한다. 과연 올빼미가 소원을 들
어주려나 모르겠다. 글쎄다. 전혀 내 마음의 문을 두드리지 못했으므로
보니 첫째의 소원은 가망이 없어 보였다.

2.

저희 쫓겨난다고요?

스위스, 라우터브루넨

프랑스의 국경을 지나 스위스로 넘어갔다. 자동차를 타고 국경을 넘는 생경한 경험을 했다. 눈 덮인 설산과 초록색 가득한 스위스 라우터브루넨의 첫인상은 경이로움, 그 자체였다. 차창 밖으로 펼쳐지는 풍경에 아이들도 눈을 떼지 못했다. 목조 집 창문에 올망졸망 걸린 스위스 국기들도 귀여웠다.

'Lauter(많은) Brunnen(분수대)'라는 이름에서 알 수 있듯 이곳은 72개의 크고 작은 폭포가 있는 마을이다. 이 작은 동네를 설산이 병풍처럼 둘러싸고 있었다. 요정이나 엘프 같은 전설 속에서나 들어본 종족들을 마주쳐도 전혀 어색하지 않을 장소 같았다.

구글에서 후기가 좋고 시설도 잘 갖추어져 있다는 융프라우 캠핑장(Camping Jungfrau)으로 향했다. 슈타우바흐 폭포가 297m 높이에서 자유낙하를 하며 물방울 스프레이를 흩뿌리고 있었다. 폭포의 맞은편에 캠핑장이 자리하고 있었다.

첫 캠핑장에서 텐트를 접느라 늦게 출발한 데다가 디종 관광을 하고
와서 저녁 6시가 넘어서 도착했다. 산속이라 해가 일찍 떨어져 벌써 어두
워지고 있었다.

스위스 융프라우 캠핑장 산 아래로 조명이 켜진 텐트와 테이블이 있다.

캠핑장 리셉션은 이미 문을 닫았다. 잔디밭 바닥이 보이지 않을 정도로 텐트들이 빽빽하게 자리 잡고 있었다. 지난번 캠핑장처럼 먼저 빈 곳이 보이면 자리를 잡고 피칭하기로 했다. 텐트 사이의 공간을 찾아 겨우 자리를 잡고 텐트 설치를 시작했다.

어둠 속 텐트 피칭은 캠핑 초보자에게는 버거운 일이었다. 아이들이 조명을 들고 간이 가로등이 되어 주었다. 옆 텐트 프랑스인 부부가 다가와 말을 걸었다. 왜 이 자리에 텐트를 치냐고 항의하는 줄 알고 긴장했건만, 텐트 피칭을 도와주려고 온 것이었다. 쫓겨났으면, 스위스 첫날부터 차박할 뻔했다.

뜨끈한 장판에 몸을 지지며 잤더니 피로가 싹 풀렸다. 폭포가 긴 줄기로 떨어지는 모습을 코앞에서 보며 커피를 홀짝이는 호사를 누렸다. 아이들은 시리얼에 우유로 간단히 아침을 먹고 에어바운스가 있는 어린이 놀이터로 뛰어갔다. 역시 인기가 있는 캠핑장은 다 이유가 있는 법이다.

오픈한 리셉션으로 느긋하게 찾아가서 여자 직원에게 말했다.

"안녕하세요. 우린 아이 둘을 포함한 4인 가족입니다. 여기서 머무를 예정입니다."

"예약했나요?"

하고 리셉션의 직원이 물어보았다.

"아니요, 예약하지 않았어요. 어제 저녁에 왔어요. 어젯밤을 포함해서 3박을 하고 싶어요."

내 말이 끝나자, 분위기가 심상치 않았다. 여자 직원은 상사로 보이는 뒤의 남자와 눈빛을 교환하더니 곧 남자 직원이 다시 다가와서 말했다.

"언제 왔다고요? 어제 저녁에 셀프 체크인했다는 말인가요?"

"네. 리셉션이 문을 닫았더라고요."

작아진 목소리로 대답했다.

"여기는 셀프 체크인하면 안 되는 곳이에요."

라고 직원이 말했다. 아차, 처음 경험했던 프랑스의 캠핑징처럼 모든 곳이 셀프 체크인을 허용하지 않나 보다. 심장이 빨리 뛰면서 미안함과 당혹감에 얼굴이 달아올랐다.

"죄송합니다. 저희가 스위스에서 캠핑이 처음이었어요. 지금 짐을 챙겨서 나가야 할까요?"

"괜찮습니다. 다음에는 주의하세요. 계산은 이 직원이 도와줄 겁니다."

관리인의 너그러운 배려로 쫓겨나진 않았지만, 또 하나 배웠다.

다른 숙박 시설과는 달리 캠핑장의 텐트 피칭 공간은 일주일 이하로 머무르는 경우 예약 자체가 안 되는 곳이 대부분이다. 7, 8월 같은 성수기에는 사람들이 체크아웃하는 오전 10시~12시에 캠핑장에 도착하도록 하자. 그래야 좋은 자리를 선점할 수 있다.

3.

알프스 뷰 산꼭대기 놀이터

뮈렌

스위스 첫 관광지로 아이거(Eiger), 묀히(Monch), 융프라우(Jung-frau) 산봉우리를 동시에 조망할 수 있는 뮈렌(Mürren)을 들러보기로 했다. 뮈렌 북쪽의 언덕 알멘드후벨(Allmendhubel) 정상으로 가면 들꽃이 가득 핀 완만한 하이킹 코스와 멋진 놀이터가 있다고 했다. 아이들과 함께 가기 좋은 곳이었다.

스위스는 자동차가 다니지 못하는 마을이 있는 데다 주차 공간이 좁아 대중교통이나 케이블카를 이용해야 하는 경우가 많았다. 스위스 여행 계획을 세우면서 교통권을 무엇을 구매할지 알아보았는데 종류도 많고 할인하는 방식도 달라서 복잡했다.

16세 이하인 어린이 2명을 동반하고, 자동차가 있는 우리 가족은 하프 페어가 유리했다. 우리 부부가 하프 페어를 구매하면 아이들은 스위스 패밀리카드를 발급받을 수 있고 무료로 대중교통 탑승이 가능했다. 이 교통권을 사용할 때 유효기간은 한 달이다. 꼭 기차역에서 아이들이 사용할 스위스 패밀리카드 발급을 잊지 말자. 발급해야 하는 줄 모르고 그냥 다니다가 안 해도 될 지출을 했다. 흑. 여러분은 그런 일 없으시기를.

라우터브루넨 역에서 기차를 타고 뮈렌 역으로 향했다. 기차의 창문은 그림판이 되고 선명하게 보이는 푸른 하늘과 설산, 초록색 잔디밭들이 한 폭의 풍경화가 되어 차창 캔버스를 채우고 있었다. 아무리 뛰어난 화가도, 최신 기술의 카메라도 자연이 주는 감동을 제한된 공간에 다 표현할 수는 없다. 기차 안은 관광객들로 가득했지만 아무도 말하는 사람이 없었다. 다들 창밖으로 시선을 뺏긴 채 경치를 감상했다.

일정한 길이로 잘 깎여진 잔디는 누군가 푹신한 초록색 털실을 숙련된 솜씨로 뜨개질하여 땅 위에 덮어 둔 듯했다. 누가 저 잔디를 관리하고 가꾸는지 여행 내내 궁금했다. 나중에 알게 되었는데 언덕을 소유한 농부들이 특수 트랙터로 잔디를 깎거나, 방목된 소나 염소, 양들이 뜯어 먹어 짧게 유지된다고 했다.

종종 우리 아이들과 비슷한 또래로 보이는 아이들이 부모님들 따라 갈퀴를 들고 풀을 긁어모으는 일을 하는 모습을 보기도 했다.

이곳에 사는 아이들의 삶은 어떨까. 학교를 다녀와서 초록 잔디에서 공을 차고, 자전거를 타고 친구 집에서 숙제를 함께 하고, 딸랑딸랑 종소리를 내며 느릿느릿 풀을 뜯는 소를 구경하고, 해가 뜨거워질 때쯤에 맑은 계곡물에서 물놀이하는 모습을 상상했다.

산꼭대기 놀이터에서 어린이들이 놀고 있다.

    뮈렌 역에서 알멘드후벨 들꽃 공원(Allmendhubel flower park)으로 올라가는 케이블카 티켓을 편도로 산 뒤 내려갈 때는 하이킹하며 내려오기로 했다.

    케이블카에서 내리자마자 펼쳐지는 거대한 놀이터는 아이들의 마음을 훔쳤다. 아이들이 멋진 공간을 발견했다며 손을 이끌어서 가본 곳은 마멋 동굴이란 이름을 가진 지하 벙커였다. 그곳에서 프랑스 아이와 스페인 아이를 사귀어서 재밌게 놀았다는데 어떤 식으로 의사소통했는지 아직도 모를 일이다. 놀이터는 국적과 나이를 뛰어넘는 사교의 장이었다.

다양한 놀거리가 많은 놀이터에서 첫째와 둘째가 모험을 즐기는 동안 우리는 근처 카페로 향했다. 놀이터가 한눈에 보이는 의자에 앉아 커피를 마시며 아이거(Eiger), 묀히(Monch), 융프라우(Jungfrau)의 웅장한 봉우리를 천천히 즐겼다.

구불구불한 흙길을 따라 하이킹하며 뮈렌 역으로 내려가는 길도 아름다웠다. 6~7월이 가장 들꽃이 많이 피는 시기리지만 8월에도 길목마다 핀 야생화들을 많이 구경할 수 있었다. 손톱만큼 작은 보라색 꽃에 향기가 나는지 확인한다고 둘째가 허리를 숙여 코를 가져간다.

"엄마, 향기가 나. 잘 맡으면 연하게 나."

길가에 아무렇게나 자라는 줄 알았는데 예쁜 꽃도 피우고 향기도 만들고 지금 보니 못 하는 게 없다. 바람에 살랑살랑 흔들리는 작은 꽃이 꼭 둘째를 닮았다. 막내라고 어리게만 봤는데 한 번씩 의젓함으로 놀라게 해주는 내 딸 같았다.

놀이터에서 역까지 걸어 내려가는 길

아이와 함께 유럽, 때때로 텐트 속

4.

스위스에서 깍두기를 담그다

그림젤 패스, 푸르카 패스

오래 걸었더니 시장해졌다. 여행을 시작하고 많이 움직였더니 늘 허기가 졌다. 삼겹살 달달 볶아 한인 마트에서 구매한 김치를 넣고 김치찌개를 끓였다. 김이 모락모락 올라오는 뜨끈한 음식을 먹으니, 기운이 났다. 아이들은 캠핑 테이블에 소박하게 차려진 밥상에 앉아 국물까지 싹싹 비우고 인생 최고의 김치찌개라 했다. 내 변변찮은 요리 솜씨에 특별한 변화가 있었을 리 없었다. 그저 영국과 노르웨이 크루즈 여행을 하면서 매콤한 음식을 못 먹은 지 2주가 다 되어서 칼칼한 한국식 매운맛이 그리웠던 탓이었다.

혓바닥만큼 고향을 그리워하는 신체 부위는 없다. 우리는 배고파지면 종종 번갈아 가며 먹고 싶은 한국 음식을 자세히 묘사하면서 마음을 달래곤 했다.

"엄마, 멸칫국물에 후추 많이 넣은 어묵탕 국물 있잖아요. 엄청 뜨거운

데 후후 불어서 한 모금 마시면 크으~."

"돼지국밥에 새우젓갈이랑 빨간 양념 한 스푼 넣고, 깍두기 얹어서 딱 떠먹으면 진짜 맛있는데!"

아이들은 저마다 좋아하는 음식을 말했다. 한인 마트나 한식 전문 식당에 매번 갈 수도 없고 흔치도 않았다. 차량 냉장고 용량이 크지 않아 많은 양의 김치를 보관해 둘 수도 없었다. (차량 냉장고는 거거익선이다.)

나는 김치를 썰어 먹기도 귀찮아 썰어서 판매하는 김치를 사 먹는다. 이런 내가 알프스에서 직접 깍두기를 담기로 했다. 어렵지 않다는 말이다.

마트에서 깍두기 재료를 샀다. 우리나라 무처럼 크고 튼실한 무를 보기 힘들었지만, 보라색이 섞인 귀여운 순무와 당근처럼 홀쭉하고 기다란 무가 있어서 카트에 담았다. 오히려 식재료보다 김치를 담을 통을 찾는

깍두기는 카레와도 궁합이 맞다.

게 더 어려웠다. 밀폐형 플라스틱 통들이 크기가 작거나 높이가 낮아서 적합하지 않았다. 결국 물을 담는 용도로 나온 플라스틱 통을 깍두기 저장 용기로 사용했다. 깍두기를 담을 거라고 하니 아이들이 신이 나서 돕겠단다. 무를 씻어 오고 물도 떠 오고, 도마도 찾아주고 고분고분 심부름했다.

깍두기 파워가 이렇게 대단합니다. 여러분.

깍둑썬 무를 통에 넣고 한국에서 사 온 시판용 깍두기 양념을 부어 잘 섞은 뒤 1시간 내버려 두었다. 그 뒤에 고춧가루 두 숟가락 넣고 잘 섞으면 끝이다. 맛을 보았더니 아직 쓸쓸하고 싱싱한 무맛이 그대로 느껴졌다.

깍두기가 맛있어질 동안 우리는 스위스 3대 드라이빙 코스에 든다는 그 림젤 패스(Grimselpass)와 푸르카 패스(Furkapass)에 다녀오기로 했다.

건물 하나가 산에 둘러싸여 있다.

그림젤 패스 지그재그 모양의 도로가 보인다.

아이와 함께 유럽, 때때로 텐트 속

지그재그 모양의 그림젤 패스가 산의 경사로를 따라 그어져 있었다. 도로를 따라 운전하다 보면 오토바이와 자동차들이 잔뜩 주차된 곳이 있는데, 이런 곳은 어김없이 입이 딱 벌어지는 경관이 나타났다.

가드레일 없는 모험적인 길을 자전거로 다니는 유럽인들도 제법 많았다. 페달을 밟는 종아리는 햇볕에 그을려 근육의 움직임이 더 선명하게 드러났다. 유럽인들의 자전거 사랑은 어디에서나 목격할 수 있었다. 도로를 달리는 자동차 중 삼분의 일은 자전거를 싣고 있었다. 평지를 달려도 힘든 판국에 이런 오르막길을 자전거로 오르다니. 체력과 용기가 대단하다.

그림젤 인공호수의 혼탁한 하늘색 물과 청명한 파란색 하늘이 대조를 이뤘다. 보라색과 노란색 꽃들이 흔들리는 예쁜 풍경을 우리 아이들은 보지 못했다. 안타깝게도 차에서 잠이 들었기 때문이다. 나중에 그림젤 패스가 얼마나 아름다운지 얘기를 해줬는데 아이들은 심드렁했다.

"어차피 눈 덮인 산들은 어디에서나 보이는걸. 꽃들은 캠핑장에도 많아."

별것도 아닌 걸로 호들갑 떠는 엄마를 이해 못 하는 눈치다.

숙소로 돌아와 저녁을 해 먹었다. 도착하자마자 아이들은 깍두기부터 찾았다. 맛을 본 아이들의 찌푸린 표정을 보니 하나도 안 익었나 보다. 서늘한 기후 탓에 시간이 좀 더 지나야 하겠다. 사흘이 지나서야 먹을 만했는데, 시간이 갈수록 새콤하게 맛있어져서 국물까지 깨끗하게 먹었다.

식사를 마치고 해가 지는 모습을 야외에서 천천히 지켜볼 수 있었다. 하늘에 주황색과 핑크색 물감이 번졌다. 산들도 황금색, 빨간색 사이 어디쯤으로 아른거리며 실루엣이 선명해졌다.

감명 깊게 읽었던 빅터 프랭클의 『죽음의 수용소에서』라는 책의 한 장면이 떠올랐다. 내일 당장 목숨이 꺼져도 전혀 이상하지 않을, 인간 존엄이 사라진 아우슈비츠 수용소의 사람들이 해 질 녘 대자연의 모습을 보고 다들 감동해서 입을 다물지 못했다는 그 부분 말이다. 자연은 그런 존재다. 시간의 제약을 받지 않으며 영원하고 감동적이다. 눈앞에 펼쳐진 장관은 순간에 감사하게 만들어 주었다.

"와 너무 예쁘다. 하늘색 봐봐."

아이들이 감탄하며 말했다. 캠핑 의자에 앉아서 다채로운 색의 향연이 끝날 때까지 오래도록 자리를 지켰다.

저녁부터 캠핑장이 들썩였다. 야외에 마련된 작은 무대에서 동네 꼬마들이 전통의상을 입고 음악에 맞추어 전통춤을 추고, 할아버지 할머니들이 전통 악기인 알프호른(Alphorn)을 연주했다. 그릴에 구운 소시지와 맥주를 마시며 공연을 구경했다. 스위스 꼬마들의 실수 연발의 귀여운 공연에 미소가 지어졌다.

스위스 어린이들의 전통 춤 공연

5.

〈텐트 밖은 유럽〉에 나온 캠핑장

그린델발트, 브리엔츠 호수

집 안에는 항상 장난감, 널브러진 옷가지, 쌓인 설거지가 가득했다. 편하게 쉬고 싶은데 집이 말한다.

'네가 해결해야 할 일거리들이 있어.'

다 내팽개치고 텔레비전부터 틀었다. 노래든 뭐든 기분 전환이 필요했다.

전원이 들어온 브라운관이 싱그러운 초록빛으로 가득 찼다. 눈에 익은 연예인들이 스위스에서 텐트를 치고 캠핑하는 모습이 나왔다. 나는 그만 마음을 홀딱 뺏겼다. 그곳에는 복잡한 도로도, 골치 아픈 인간관계도, 일거리도, 매일 제자리를 찾아 정리할 물건들도 없었다. 단순하게 나와 자연이 마주하는 곳이다. 유심히 그 장소가 어딘지를 기억해 두었다.

스위스 그린델발트(Grindelwald)란 곳에 있는 홀드리오 캠핑장(Camping Holdrio)이었다.

오늘 갈 곳이 바로 그 캠핑장이다. 아침 일찍 일어나 텐트를 접고 이동했다. 나에게 캠핑 여행이라는 꿈을 심어준 캠핑장으로 향했다.

기대를 가득 안고 도착했지만, 우리는 다른 캠핑장을 찾을 수밖에 없었다. 그 이유는 텐트 피칭 장소에 주차할 수 없어서 잔디까지 짐을 모두 옮겨야 하는 부담이 있었고 작은 캠핑장 규모에 비해 사람이 많아 공용시설 사용이 불편해 보였기 때문이다. 만약 남편과 둘이 왔다면 여기서 머물렀을 테지만, 아이들과 함께 있으니 좀 더 넓고 시설이 잘 갖추어진 공간을 찾게 되었다.

공간이 넓은 아이거노르트반트 캠핑장(Camping Eigernordwand)으로 향했다.

아이거노르트반트 캠핑장

통나무를 타고 노는 아이들

아이거(Eiger) 북벽을 마주하는 이 캠핑장 역시 홀드리오 못지않게 끝내주는 전망을 자랑했다. 어디든 말도 안 되는 풍경을 선사하는 스위스가 놀라울 따름이다. 관리직원의 안내를 받아 텐트를 펴고 쉘터도 함께 설치했다.

툰 호수(Thunersee)와 브리엔츠 호수(Lake Brienz)에 들러 산책하기로 했다. 날이 따뜻하면 수영도 할 겸 수영복을 챙겨 길을 나섰다.

브리엔츠 호수의 제부르크 성(See-burg Castle)이 눈에 들어왔다. 흰색의 정교한 외관은 짙은 녹색의 산과 청록색 브리엔츠 호수를 배경으로 아름다운 장관을 만든다. 바람이 잔잔해지면 브리엔츠 호수는 성과 산과 구름을 똑같이 호수 표면에 그려 데칼코마니를 만들어 냈다.

오후 2시쯤 되니 햇살이 뜨겁게 느껴졌다. 나무 그늘에 돗자리를 폈다. 수영복으로 갈아입은 아이들이 예쁘게 반짝이는 브리엔츠 호수에 발을 담갔다. 하늘색 비키니를 입은 딸이 깔깔 웃을 때마다 햇빛에 반사된 머리카락이 찰랑거렸다. 어디선가 떠내려온 두꺼운 통나무를 타이타닉이라고 이름 지어주고 둘이 함께 올라탔다. 노를 저으며 균형을 잡았다. 기우뚱 흔들린다 싶더니 보기 좋게 뒤집혔다. 사이좋게 노는 남매는 나의 행복이다.

"엄마! 엄마도 들어와. 우리 통나무 엄청나게 잘 타. 이거 봐봐."

조잘거리는 아이들이 호숫물만큼 차가워진 손으로 나를 이끌었다. 이렇게 모든 일상을 부모와 공유하려는 시기도 얼마 남지 않았다는 생각이 들었다. 언젠가는 우리 애들도 문을 쾅 닫고 들어가는 날이 오겠지. 그전에 실컷 살 비비며 대화도 많이 해야지, 다시 한번 다짐했다.

잘 준비를 마쳤다.

네 명의 몸을 누일 방 2개, 조명 하나, 이부자리, 식재료와 조리도구가 끝인 딱 필요한 만큼만 있는 군더더기 없는 공간이다. 짐이 단출할수록 활동반경은 더 넓어지고 여행은 심플해진다. 가지고 싶은 모든 물건을 이고 지며 다니다 보면 진짜 중요한 부분을 놓치게 된다. 심지어 어디에 물건을 보관했는지 기억이 안 나서 챙겨와 놓고도 사용하지 못하는 일도 있었다.

『심플하게 산다』의 저자 도미니크 로로는 주변에 질서를 부여하면 마음에도 질서가 자리 잡으며 물건을 적게 소유하면 본질에 더 집중할 수 있다고 했다.

여행에서도 마찬가지였다. 짐을 풀고 정리하는 데 에너지를 다 쏟기보다는, 꼭 필요한 물건들만 꾸려놓고 새로운 곳이 주는 영감이나 순간의 행복에 집중했다. 가진 것이 없어서 잃을 것도 없는 이 여행은 비워내는 삶의 연장선에 있었다. 나를 닮은 아이들도 수시로 물건을 잃어버려서 나보다 더한 비워냄을 의도치 않게 실천 중이다.

물건뿐 아니라 관계에도 해당하는 말이다. 불필요한 관계를 정리하니 가족들과 함께 보내는 시간이 많아졌다. 비워냄이 주는 여백의 중요성을 깨닫고 실천하니 삶이 단정해졌다. 요즘은 아이들을 독립시켜 우리 부부만의 여백을 만들 날을 기다리고 있다. 아이들의 당찬 홀로서기를 응원한다.

브리엔츠호수를 바라보는 캠핑장

6.

도망치는 집을 잡아 준 쥴리앙

융프라우요흐

유럽의 꼭대기 융프라우요흐는 분명히 추울 테니 가장 두꺼운 옷들을 꺼냈다. 여름이란 계절을 고려해서 반소매 티셔츠에 반바지, 원피스를 챙겨왔건만 영국, 프랑스, 스위스 그 어디 하나 덥지 않았다. 하늘하늘한 원피스는 꺼내 보지도 못하고 늘 긴팔 티셔츠에 두께가 톡톡한 바람막이까지 입어야 했다. 파리보다 한참 남쪽인데도 고도가 높은 라우터브루넨의 공기는 늦가을처럼 서늘하다. 따뜻하게 껴입고 융프라우요흐로 향했다.

케이블카에서 흘러나오는 '융프라우요흐' 안내방송의 발음을 아이들이 흉내 낸다. '요흐'를 발음할 때 악센트가 세서 재채기처럼 들렸는데 아이들에게 인상이 깊었나 보다. 자꾸 융프라우욕흐, 융프라우욕흐 소리를 내 발음을 연습했다. 이 단어만큼은 현지인 발음이라 자부한다.

하얗게 눈이 덮인 융프라우에 오르자, 전 세계의 관광객들이 스위스 국기를 들고 사진을 찍고 있었다.

산 정상에 착륙해 있던 헬기가 갑자기 시동을 걸었다. 조종사가 내리더니 구경하던 사람들에게 눈덩이를 던졌다. 장난꾸러기 조종사의 등장이 재밌었다. 나도 같이 던지면서 눈싸움할 요량으로 눈덩이를 신나게 뭉치고 있는데 조종사가 손가락으로 남편 머리를 가리켰다. 알고 보니 헬기가 이륙할 때 모자가 날아가니 주의하라고 눈덩이를 던진 것이었다. 착각은 자유다.

융프라우 헬리콥터

전망대에서 두 시간 반이나 머물렀다. 아이들이 눈사람과 눈토끼를 다 만들 때까지 기다려야 했기 때문이다. 한여름인 8월에 만난 눈은 즐거운 놀잇감이 되어 주었다.

아이들이 완성한 귀여운 눈사람과 눈토끼는 외국인들에게 인기가 좋았다. 자기들이 만든 피조물이 휴대전화 카메라에 찍힐 때마다 뿌듯해했다. 아이들은 사람들의 관심과 사랑을 먹고 자란다.

케이블카를 타고 내려가면서 우리 캠핑장이 보였다. 아이들과 우리 텐트를 찾아보기로 했다. 뭔가 이상했다. 쉘터가 바람에 날려 넘어져 있었다. 팩을 박은 데다 쉘터 안에 무거운 짐이 잔뜩 있으니, 걱정을 안 했는데 이 사달이 났다. 깍두기가 든 통이 함께 넘어져 빨간 국물로 엉망이 된 내부를 상상하며 부랴부랴 숙소로 돌아왔다. 텐트에 우렁각시라도 있는지 분명 넘어져 있던 쉘터가 반듯하게 서 있었다. 내가 헛것을 보았나.

그때 옆자리의 이탈리안 캠퍼가 말을 걸어온다.

"여기 설치한 쉘터가 당신 것입니까?"

"네. 맞아요."

"당신이 없는 동안 쉘터가 넘어졌습니다. 그래서 내가 허락 없이 다시 세워놨습니다."

찾았다! 이탈리안 우렁 총각이었다.

"정말 고마워요. 도망가는 집을 잡아줘서."

얼른 쉘터 안부터 살펴보았다. 다행히 깍두기는 멀쩡했다. 얼마나 감사한 일인가. 집과 깍두기, 가장 소중한 두 가지 모두가 지켜졌으니 말이다.

융프라우 정상의 꼬마 눈사람

아이와 함께 유럽, 때때로 텐트 속

그 순간 우리 쉘터가 또 바람에 휘청한다. 까딱하다가는 알프스산맥 어디론가 날아가겠다. 얼른 길이가 긴 팩을 박아 고정했다.

캠핑이니까 가능한 경험이다. 호텔이 바람에 넘어갈 일 따위는 없을 테니까! 캠핑 초보는 또 하나 배웠다. 바람이 많이 부는 날은 텐트를 긴 팩으로 단단히 고정해야 한다.

유럽 사람들은 개인적이고 남의 일에 관심을 안 두는 줄 알았는데, 가는 곳마다 좋은 사람들을 만났다. 이탈리안 우렁 총각의 이름은 쥴리앙이었다.

남편을 부른다고 '자기야! 자기야!' 하니 옆에 있던 그가 화들짝 놀랐다. 내 목소리가 지나치게 컸나 싶어 사과했다. 큰 목소리에 놀란 게 아니라 자기 이름이 쥴리앙인데 내가 쥴리앙이라고 부르는 줄 알았다는 거다. 친구와 캠퍼 밴에 자전거를 싣고 여행 중인 그는 스위스의 사이클링 루트를 따라 자전거를 탄다고 했다. 호쾌하고 잘 웃는 쥴리앙, 나는 오늘부터 그의 팬이 되기로 마음먹었다.

내가 못 해본 도전을 하는 청년에게 대리만족을 느꼈다. 지금도 쥴리앙은 유럽 어디선가 자전거를 타고 있을 것이다.

7.

천국과 지옥의 짜릿한 트로티 바이크

피르스트

드라마 〈도깨비〉에서 지은탁과 김신을 서울과 캐나다 퀘벡으로 이어 주던 마법의 빨간 문을 기억하는가. 요즘 매일 같이 마법의 문을 여닫고 있다. 따뜻한 침낭에서 느릿느릿 기어 나와 빨간 문 대신 텐트 입구 지퍼를 지익, 하고 열면 비현실적인 공간으로 차원 이동을 했다. 물안개를 흩뿌리는 폭포가 앞에 있기도 하고, 높은 설산과 마주하기도 했다. 새벽을 지나며 차갑고 신선해진 공기를 가득 마실 수 있었다. 다음은 어디가 우리의 빨간 문과 연결될지 궁금했다. 오늘의 목적지는 피르스트다.

그린델발트 피르스트(First) 산봉우리에 오르면 경치에 먼저 놀란다.

경사진 능선의 풀밭에서 한가로이 풀을 뜯는 젖소무리.

딸랑 따글랑 하며 소가 고개를 주억거릴 때마다 들리는 카우벨 소리,

쪽빛 하늘을 업고 있는 소박한 목조 집.

평화로운 피르스트의 풍경

도시로 갔었던 알프스 소녀 하이디가 이곳이 그리워 몽유병이 걸릴 만
도 하다. 경치뿐 아니라 피르스트는 다양한 액티비티로 유명하다. 킥보
드처럼 서서 타는 자전거 트로티 바이크(Trotti bike), 플라이어(Flyer),
글라이더(Glider), 마운틴 카트(Mountain cart) 등 다양한 액티비티를
즐길 수 있다.

키가 이제 막 130cm가 된 딸은 나와 글라이더를, 남편과 아들은 마운 틴 카트를 타기로 했다. (시설마다 연령이나 키 제한이 있으므로 꼭 확인 하고 줄을 서도록 하자. 특히 글라이더와 플라이어는 대기시간이 긴 편 이다. 한참을 기다리다 탑승 직전 키나 연령제한으로 거부당한다면 소중 한 시간을 날리게 된다.) 글라이더는 집라인과 비슷한 액티비타다. 독수 리처럼 생긴 글라이더에 4명이 엎드린 채 피르스트 상공을 시원한 바람 을 맞으며 가로지를 수 있었다. 딸아이가 안전장치를 할 때부터 흥분하 여 끊임없이 질문 세례를 하는 통에 정신이 하나도 없었다. 직원들은 안 전장치를 점검하고 자세를 확인해 주었다.

"두 번 체크 부탁합니다. 죽고 싶지 않거든요."

농담 반, 진담 반으로 말하자 직원이

"세 번 체크할게요. 걱정하지 마세요."

라고 말했다. 센스 있는 직원 덕분에 불안감이 녹았다. 우리가 매달린 독수리가 뒤로 움직이기 시작했다. 출발 지점이 점점 작아지고 바닥이 점점 더 멀어졌다. 여유 있게 즐기기엔 탑승 시간이 짧았지만 내 배 아래 로 시원하게 펼쳐진 피르스트의 멋진 풍경은 가치가 있었다. 이 근방에 사는 새들은 푸릇푸릇한 풍경을 내려다보며 파란색 하늘에 날갯짓했다. 별안간 우리 아파트 베란다에 한 번씩 날아오는 비둘기들이 불쌍해졌다. 걔네들은 자동차들과 아파트단지 풍경과 뿌연 하늘을 보며 살아갈 테니 까 말이다. 당분간 날 선 눈으로 비둘기를 보지 않기로 다짐했다.

트로티 바이크를 잠시 세워두고 풍경을 감상했다.

액티비티 중에 하이라이트는 단연 트로티 바이크였다. 자전거에 익숙한 아들은 나와 같이, 자전거를 못 타는 딸은 남편과 같이 내려가기로 했다. 대여하는 곳에서 반납하는 곳까지 대부분 내리막 경사가 있어 가만히 있어도 슬슬 속력을 내며 굴러갔다. 내가 할 일은 브레이크를 잡았다가 떼며 속도를 조절하는 일이었다. 또는 그늘에 잠시 멈춰서 '달력 같은 풍경 속에 존재하는 나'를 만끽하면 되었다. 청명한 하늘을 경계 짓는 산들과 초록 들판 위에 띄엄띄엄 자리 잡은 목가를 보며 신선놀음하듯 내려갔다.

딸은 킥보드를 탈 줄 알지만, 새로운 기구를 타고 내리막길을 내려오는 게 영 부담이었나 보다. 조금 가다 멈추고 가다 멈추고를 하더니 크게 넘어지고 말았다. 결국 남편은 바이크 두 대를 긴 내리막길 내내 끌고 내려와야 했다. 나와 아들에겐 신선놀음이었던 트로티 바이크 액티비티가 남편과 딸에겐 지옥 같은 경험이었다. 이래서 자전거 조기교육은 필수다.

2023년 8월 13일 일요일 날씨 ☁️

제목 <피레스트>

오늘 피레스트라는 산에 갔다.
그 산에는 재미있는 것들이 많겠다.
도착하자 산책은 조금 하고 걸어서
밑으로 내려갔다. 이런 것을
한칸 타니 너무 무섭고 재미있어서 눈물
이 났다. 그 다음 트론티바이크를
탔다. 처음에 아주 못 탔지만 갑자
기 잘 탔다. 정말 신기했다.

믿아나 재미있으면 가 눈물끼리

날을까?

8.

NO 코리안 캠핑장인데, 역대급

오스트리아, 스위스

그린델발트에서 텐트를 철수했다. 몇 번 해봐도 텐트 철수는 어렵고 힘들었다. 분명 텐트 가방에서 텐트를 꺼냈는데 왜 도로 집어넣는 건 안 되는지 불가사의하다. 우리는 루 체른에 잠깐 들렀다가 다음 캠핑 장으로 이동하기로 했다.

미국 작가 마크 트웨인이 세계 에서 가장 감동적인 작품이 이곳 루체른(Luzern)에 있다고 했다. 바로 빈사의 사자상이다.

빈사의 사자상

잔잔한 호수 위로 죽어가는 사 자가 있었다. 낮은 절벽에 엎드 려 상처 입은 채 담담히 죽음을 받아들이고 있었다. 호수 위에 늘어져 있던 나뭇가지에서 노란 잎사귀들이 사자상을 지나 아래로 천천히 떨어졌다. 생명이 다해 떨어진 나뭇잎들이 호수표면에 가지런히 떠 있었다. 사자가 영면에 드는 데 방해가 되기라도 할 듯 바람 한 점 불지 않았다. 우리는 분위기에 압도되어 저절로 목소리를 낮추고 속삭였다. 빈사의 사자상은 프랑스 혁명 당시 튈르리 궁전에서 루이 16세를 지키다가 전멸한 스위스 용병들을 추모하기 위해 만들어진 조각이다. 본인들이 후퇴하여 신의를 잃으면 후손들이 더 이상 용병 일을 못 하진 않을까 걱정하여 단 한 명의 생존자도 없이 모두 끝까지 싸우다 전사하였다고 한다.

"나 이거 알아. 전에 학습 만화책에서 봤었어."

아들이 말했다. 글 밥이 긴 책에는 관심도 없고 만화책만 끼고 사는 아이들에게 만화책 그만 보라고 잔소리했었던 기억이 떠올라 머쓱해졌다. 학습 만화라도 봐줘서 고맙다.

다음 목적지인 돌로미티(Dolomiti)로 가는 길목에 있는 오스트리아 시립 캠핑장(Waldcamping Feldkirch)에서 쉬어 갈 생각이었다. 워터파크가 있는 캠핑장이라 아이들도 기대하고 있었다.

한참을 달려 도착한 캠핑장 입구는 주차장에 빈자리가 없을 정도로 복잡했다. 왠지 슬픈 예감이 들었다. 리셉션에서 고개를 절레절레하며 예약이 가득 찼다고 했다. 멋진 물놀이장을 잔뜩 기대했던 아이들이 실망하여 볼멘소리 했다.

"디종에서 행운의 올빼미 만졌는데 왜 그렇지?"

"오빠 모르는 사이에 오른손으로 만진 거 아냐? 사진 다시 확인해 보자."

아이들이 말했다.

급하게 다른 캠핑장을 검색했다. 스위스의 배거 호수(Bagger see)에 있는 캠핑장(Campingplatz Baggersee)이 가장 가까웠다. 이곳도 호수에서 수영할 수 있고, 개구리도 있을 거라며 아이들을 달랬다.

다시 국경을 넘어 옥수수밭을 가로지르며 캠핑장에 도착했다. 헐레벌떡 리셉션으로 뛰어갔더니 텐트 피칭이 가능하다고 하여 한시름 놓았다. 호수 주변으로 잘 관리된 잔디와 그늘을 드리운 나무들이 보였다. 수영복 차림의 사람들이 의자나 돗자리 위에서 햇볕을 즐기고 있었다. 안내서가 독일어로만 인쇄되어 있었다. 유쾌한 직원은 한국인은 처음이라며 구석구석 시설들을 소개해 주었다.

배거 호수 캠핑장 텐트 옆에서 식사하는 아이들

다이빙대에 아이가 앉아 호수를 바라본다.

　호수로 가까이 가보니 이게 웬 떡인지! 호수에 미끄럼틀도 있고 물 위에서 뛰는 트램펄린도 있고 카누와 카약 등 아이들이 좋아할 만한 놀잇감이 널려 있었다. 텐트 피칭 장소도 넓고 구역이 잘 나누어져 있었다. 급수대도 바로 앞에 있어서 더할 나위 없이 좋았다.

　"올빼미가 행운을 불러오는 게 맞나 봐! 고마워. 올빼미야."
　분명 조금 전까지만 해도 올빼미 따위 다 허황한 전설이라며 삐죽거리더니, 언제 그랬느냐는 듯 까르륵 웃으며 남매가 말했다. 아이들은 수영복으로 갈아입고 호수로 부리나케 달렸다. 아이들은 스위스 아이들과 트램펄린을 타며 물속으로 다이빙했다. 우리 부부는 캠핑 의자에 앉아 시원하게 맥주를 꿀꺽꿀꺽 넘겼다. 남편은 나무 그늘에서 낮잠에 빠졌고, 나는 멍하니 오가는 사람들을 구경하며 휴식을 취했다. 오랜만의 여유였다.

아시아인은 하나도 없어, 사람들의 시선이 집중되었다. 한국에서는 한 번 보면 기억도 못 할 평범한 외모인데 이곳에서는 신기함과 호기심을 불러일으키나 보다. 드디어 내가 눈에 띄는 외모를 가지게 되다니. 오래 살고 볼 일이다.

저녁이 되자 썰물처럼 사람들과 자동차들이 다 빠져나갔다. 옥수수밭 너머의 도로에서 자동차들이 오가는 소리가 간간이 들렸다. 해가 지고 땅이 식어서 그런지 공기가 멈춘 듯했다. 밭에 뿌리는 거름 냄새가 났다.

"에이, 이게 무슨 냄새야. 엄청 좋은 곳인 줄 알았는데 함정이 있었어!"

"올빼미가 우릴 배신했어."

올빼미 너 참 서운하겠다. 무슨 죄가 있어서 수없이 아이들 입에 오르내리며 추앙받았다가 내쳐지기를 반복하게 되는지 모르겠다.

9.

하루에 4개국 여행하는 방법

독일, 린다우, 리히텐슈타인

우리가 머무는 캠핑장은 스위스, 리히텐슈타인, 오스트리아, 독일의 국경과 맞닿아 있었다. 마음만 먹으면 하루 만에 4개국 방문이 가능한 곳이다.

아이들은 보고, 겪고, 느낀 것이 무엇인지 보단 몇 개의 나라를 다녀왔는지가 더 중요해 보였다. 비행기로 3시간 경유한 곳도 가본 나라로 쳤다. 어떻게든 가본 국가 수를 늘리는 데 집중했다.

하긴, 초등학생들이 어느 나라에 구석구석 무엇이 있는지 자세히 알고 있는 아이들이 몇이나 될까. 들어본 적 있는 나라나 도시 이름에 관심이 높다.

순전히 아이들이 다녀온 나라 수를 늘리기 위한 목적으로 독일 남쪽에 위치한 린다우에 왔다. 독일 사람들이 즐겨 찾는 휴양지라고 한다. 육지와 연결된 다리를 지나면 보덴호 동쪽에 있는 린다우 섬으로 들어갈 수 있었다.

보덴호는 넓어서 바다처럼 보였다. 항구를 지키는 등대와 사자 동상,

사람을 태울 준비를 하느라 분주한 유람선을 구경했다.

부두에서 멀지 않은 곳에 오래된 고택들이 잘 보존된 구시가지가 있다. 외벽엔 프레스코 기법으로 그린 그림들이 그려져 있고, 계단 모양의 특이한 지붕의 시청을 보았다.

독일을 들른 김에 마트에서 장을 보았다. 독일이 물가가 저렴하다더니 사실이었다. 고기, 우유, 시리얼 등 식재료를 가득 담았다. 그리고 일회용 숯불 그릴 세트도 구매했다. 어떻게 사용하는지, 캠핑장에서 사용해도 되는지 몰라서 눈독만 들이던 참이었다. 캠핑장 직원에게 숯불 그릴을 사용해도 되냐고 물어보니, 잔디가 손상되지 않게 하면 괜찮다고 해서 오늘 도전해 볼 계획이었다.

린다우 보덴호를 바라보는 아이들

날씨가 흐리고 바람이 불어 쌀쌀하게 느껴지던 차라 쉬어 가기로 했다.

아기자기하고 독특한 카페를 발견하여 커피와 핫 초콜릿, 애플 주스를 마셨다. 방석이 깔린 의자에 앉아 따뜻한 카페라테를 마시니 몸이 녹았다. 역시 커피는 기분이 좋아지는 마법의 음료다.

카페 내부에 전시된 액자와 시계, 장식용 소품들이 하나같이 귀엽고 특이했다. 아이들을 위한 동화책도 나양하게 전시되어 있어서 골라서 읽을 수 있었다. 독일어로 된 동화책인데 뭐가 재밌는지 남매는 한참을 들여다보았다.

별 기대 없이 온 린다우였지만 탁 트인 보덴호와 중세의 역사를 품은 구시가지는 충분히 매력적이었다.

이왕 이렇게 나라 개수를 늘리는 김에 리히텐슈타인도 들렀다. 독일, 리히텐슈타인, 스위스, 오스트리아 땅을 하루 만에 모두 밟았다는 사실에 아이들이 신기해했다.

늦은 오후, 숙소에 도착하자마자 호수 수영을 한차례 했다. 저녁 준비가 한창인 텐트로 오자마자 바비큐 먹는 거냐고 들뜬 목소리로 물었다. 후추와 소금을 뿌린 두툼한 소 등심과 삼겹살이 간이 테이블에 올려져 있어서 눈치 챘나 보다. 실험적인 일회용 숯불 그릴을 이용한 야외 바비큐의 도전에 앞서 경건한 마음으로 사용 설명서를 읽었다. 상단에 덮인 하얀 종이에 불을 붙이고 숯이 탈 때까지 기다렸다가 요리하면 된다고 쓰여 있었다. 라이터로 불을 붙였다. 하얀색 점화물이 사르르 녹으면서 숯에 들러붙었다. 혹시 불이 붙지 않을까 봐 공기가 잘 통하도록 한참을 내버려 두었더니 숯이 발갛게 열을 냈다. 때가 되었다. 고기를 얹어 굽기 시작했다. 연기가 피어오르며 고소한 단백질과 지방 익는 냄새가 진동했다. 옥수수밭 너머로 올라오는 연기가 마치 길 잃은 사람의 조난신호 같았다. 우리 넷은 말없이 구워지는 고기만 바라보았다.

캠핑장 직원들은 마감 시간이 되어 다 퇴근했다. 우리 구역에서 좀 떨어진 곳에서 희미하게 보이는 조명으로 짐작건대 자전거를 타고 여행 중인 유럽인 커플을 제외하면 아무도 없었다. 이따금 차가 달리는 도로와 그다음엔 키 큰 옥수수밭, 그다음 우리 텐트, 그다음 호수가 있다. 살짝 무서운 생각이 들기 시작하긴커녕, 사람이 없으니 연기 때문에 민폐가 될까, 걱정 안 하고 실컷 먹을 수 있어서 좋았다. 얼마만의 숯불구이인지 씹고, 뜯고, 맛보고, 즐기느라 우리는 서로 대화를 나눌 정신도 없었다. 맛과 분위기 모두 최고의 바비큐였다.

10.

BBC 선정 죽기 전에 안 가봐도 되는 절벽

스위스, 애셔 산장

BBC 선정 '죽기 전에 꼭 한번 가봐야 한다는 절벽 위의 산장'

캠핑장 근교를 검색하다가 이 문구를 보고 다녀와 보기로 했다. 에벤알프(Ebenalp)를 오르는 케이블카를 타고 정상에 내려서 이정표를 따라 걸어갔다. 가는 길에 동굴을 만날 수 있다. 선사시대, 네안데르탈인이 살기도 하고 거대한 동굴곰이 살기도 했던 동굴이라고 한다. 아래로 좀 더 내려가니 우리가 찾던 애셔 산장(Aescher)이 등장했다.

깎아내린 절벽에 아슬아슬하게 걸쳐져 있는 애셔 산장의 위태로운 모습이 자연과 잘 어울렸다. 스위스에서 가장 오랜 역사를 자랑하는 여관이라고 한다. 무려 1800년대에 처음 여관으로 사용되었던 장소다. 지금은 게스트하우스와 레스토랑으로 운영 중이다. 여기에 어떻게 건축물을 세웠을까.

절벽의 애셔 산장

아이와 함께 유럽, 때때로 텐트 속

햇빛이 점점 뜨거워져서 파라솔이 펼쳐진 야외테이블에 앉았다. 20분가량 움직였으니, 몸뚱이에 상을 내릴 차례였다. 음료와 함께 이곳에서 판매하는 스위스 전통 음식인 로스티가 맛있다고 해서 주문하려고 보니 메뉴판에 없었다. 더 이상 판매하지 않는다고 했다.

아이들은 몇 번 쭉쭉 빨대로 음료를 들이마시더니 순식간에 빈 컵만 남겨놨다.

절벽 위의 야외테라스에 앉아 주변을 둘러보았다. 경치가 기가 막혔다. 삼각형 모양으로 자란 삼나무들이 이루는 숲이 내려다보였다. 빽빽하고 울창한 숲에서 나무들이 더 높이 자라려고 까치발을 하며 키재기를 하고 있었다. 자연을 감상하며 궁둥이를 더 붙이고 있고 싶었지만, 기다리는 사람들이 많아 일어났다.

케이블카를 타러 돌아가는 길에 패러글라이딩 장비를 펼쳐둔 청년을 만났다.

풀밭에 파란색 긴 천을 늘어놓았다. 우리는 엉덩이에 맞춤한 바위에 앉아 그가 하는 행동을 지켜보았다.

청년은 헬멧을 쓰더니 가방과 연결된 벨트를 조였다. 두 번, 세 번 안전장치를 확인하는 절차를 마치고 심호흡했다. 성큼성큼 내리막을 겁도 없이 달렸다. 힘없이 풀밭에 누워 있던 파란색 보자기가 팽팽해지며 바닥에서 일어났다.

눈 깜짝할 새에 도움닫기 하던 발이 둥실 떠오르더니 미끄러지듯 날아갔다. 청년은 파란 날개를 펼치고 활공하는 한 마리 새가 되었다. 구경하

는 것만으로도 긴장감 있었다. 아이들도 다음에 한번 저들도 해봐야겠다

며 조잘조잘 떠드는 사이 케이블카가 도착했다.

패러글라이딩의 도약

BBC가 선정했다길래 캠핑장에서 숙소에서 멀었지만 방문했다.

막상 오니 절벽의 산장, 죽기 전에 꼭 가봐야 할 정도는 아니었다. 케

이블카를 타고 내리면 바로 도착하는 곳은 아니어서 한참 걸어야 했고

아이들이 썩 좋아하진 않았다. 그래서 다시 이름 짓는다. 우리 가족 선정, 죽기 전에 꼭 안 가봐도 되는 산장으로.

애써 산장 근처 아펜첼에도 들렀다. 아기자기한 건물이 이쁜 스위스 도시다.

점심으로 먹은 한 줌만 한 카르보나라가 3만 원이었다. 스위스 물가를 생각하면 캠핑이 답이다.

위기와 절정, 휴양과 쉼표를 넘나들다

1.

신에게는 아직 1개의 전기장판이 있습니다

이탈리아 카레짜 호수, 사쏘룽고

캠핑 장비를 차에 넣을 때는 테트리스가 중요하다. 차곡차곡 잘 집어 넣어야 꺼낼 때도 편하기 때문이다. 3일 동안 캠핑장 배거 호수에서 수영도 실컷 하고 휴식도 충분히 취했다. 여기서 4시간이 걸리는 돌로미티(Dolomiti)에 갈 준비가 다 되었다. 돌로미티는 벨루노(Belluno), 볼차노(Bolzano), 트렌토(Trento), 우디네(Udine), 포르데노네(Pordenone) 지방에 걸쳐 있는 이탈리아 북부 알프스산맥이다. 돌로미티에 다녀온 사람이라면 가장 먼저 떠올릴 장면은 회백색의 돌로 이루어진 산봉우리다. 그래서 '창백한 산맥'이라고도 불린다. 우리나라 아이들은 그림을 그릴 때 꼭 초록색 산을 배경으로 그려 놓곤 하는데, 돌로미티가 보이는 곳에 사는 어린이들은 산을 무슨 색으로 칠할까?

스위스, 오스트리아 국경을 차례로 넘자, 독일어 대신 이탈리아어로 써진 표지판이 보였다.

우리는 서부 돌로미티부터 가보기로 했다. 오르티세이(Ortisei)의 캠핑장으로 가기 전, 카레짜 호수(Carezza)로 향했다.

이탈리아 카레짜 호수

호수 근방은 관광객들과 자동차들로 인산인해를 이루었다. 나무에 가려져서 보이지 않던 호수는 내리막길을 조금 걷자, 아름다운 모습을 나타내었다.

쨍하게 푸르른 물은 내가 한 번도 본 적이 없는 색이었다.

신비롭게 빛나는 이 호수에 얽힌 전설이 있었다.

「카레짜 호수에 사는 아름다운 님프를 보고 첫눈에 반해버린 마법사가 그녀의 마음을 얻기 위해 온갖 보석과 예쁜 무지개를 준비했다. 그러나 님프는 마법사를 피해 숨어 버렸고, 상처받은 마법사는 슬퍼하며 준비했던 보석과 무지개를 카레짜 호수에 던져버렸다고 한다.」

카레짜 호수가 '무지개 호수'라고도 불리는 이유는 전설 때문만은 아니라 햇빛이나 물의 양, 계절에 따라 형형색색 다채로운 빛을 내기 때문이다.

수변 산책로를 따라 한 바퀴 돌아보며 사진을 많이 찍고 싶었는데 아이들이 거부했다. 햇살이 뜨거웠다. 산책로에 그늘이라고는 거의 없었던데다가 멀미로 아이들이 지쳤다. 아쉬운 대로 벤치에 앉아서 산책로에 핀 보라색 들꽃들과 호수, 산맥, 수목들이 어우러진 엽서 같은 풍경을 마음에 담았다.

돌로미티의 아름다운 첫인상 덕분에 금사빠인 나는 이탈리아가 단박에 좋아졌다. 경상도 사투리처럼 열정적이고 드센 억양의 이탈리아어도 매력적이고, 제스처도 많고 웃음도 많은 이탈리아 사람도 마음에 쏙 들었다.

그러고 보니 그린델발트에서 만났던 호쾌하고 잘생긴 쥴리앙도 이탈리아 사람이었다!

카나쩨이(Canazei)에 미리 봐두었던 미라벨 캠핑장(Camping Miravalle Val di Fassa) 입구로 들어갔다. 예약 없이 왔다고 하니 딱 1자리가 남아 있다고 함께 살펴보러 가자 했다. 텐트가 가득한 잔디밭 모퉁이에 적당한 공간이 있었다. 우리는 무조건 예스를 외쳤다.

트렁크에서 텐트를 꺼내는 동안 흐릿한 하늘이 더 어둑어둑해지더니 물방울이 떨어졌다. 아이들에게 비가 내리니 차에서 기다리라고 했다. 아이들은 후드를 덮어쓰고는 도와주겠단다. 기저귀를 갈아주던 게 엊그제 같은데 언제 이렇게 커서 의젓한 소리를 하나 싶어 몽글몽글 감상에 빠져들 뻔했다. 하지만 속도를 높여 텐트를 피칭하지 않으면 가족 모두 홀딱 젖게 생겼다. 제법 숙련된 솜씨로 뚝딱뚝딱 쉽게 폴대를 끼우고 텐트를 세웠다. 아이들이 이너 텐트를 끼우고 에어 매트리스 공기를 채웠다. 금방 집이 완성되고 모두 비를 피해 텐트 안으로 들어갔다. 추운 곳에서 비를 맞았더니 오들오들 떨렸다. 필수 아이템인 전기장판 전원을 켜고 침낭 안으로 들어가 몸을 지졌다.

콰르릉, 천둥 번개가 치더니 곧이어 비가 세차게 내렸다. 얇은 폴리로 된 천은 마법 방어막처럼 외부의 바람과 비로부터 우리를 안전하게 지켜주었다. 비 오는 날은 아무래도 할 수 있는 일들이 제한적이다. 텐트 안에서 비가 멎길 기다리기로 했다. 빗소리를 들으니, 라면 생각이 절로 났다. 전기 쿠커에 물을 붓고 보글보글 라면을 끓였다. 아이들은 후후 급하게 입김으로 식히며 한 젓가락 가득 면발을 입에 넣고는 끊을 새 없이 다음 면발을 빨아들이고 있었다. 어제 다 먹지 못해 보관해 놓았던 쌀밥을 국물에 넣어 호로록 마시자, 몸이 따뜻해졌다. 퍽퍽한 외국의 쌀밥도 라면 국물과는 찰떡궁합이었다.

전기장판이 차가워졌다. 돼지코에 꽂을 플러그 막대 한쪽이 구부러져 끊기기 일보 직전이었다. 소중한 징판을 하필 비 오고 추운 돌로미티에서 잃다니!

제발, 제발 돌아가시지 마세요. 의식이 희미한 전기 장판을 부여잡고 안타까워 해봤자 이미 운명을 다한 녀석은 차갑게 축 늘어져 있었다.

"에그그! 어쩌노!"

다급할 때마다 나타나는 나의 사투리 섞인 비명에 아이들이 엉금엉금 나에게 다가온다. 막대가 고꾸라져 덜렁거리는 플러그를 보여주니 아이들은 이게 뭐가 재밌는지 뒤집어져 깔깔 웃고 난리가 났다. 애들 웃는 소리에 심각했던 상황이 가벼워졌다. 그러고 보니 이 장판도 알리표 장판이다. 아하, 저렴이를 사면 몸이 고생하는 법이구나. 밤이 되면 더 추워질 텐데 걱정되었다. 나와 남편은 경량 패딩과 반소매 티 등 입을 수 있는 옷들을 최대한 껴입고 자기로 했다. 다행히 우리에겐 아직 1개의 장판이 남아 있다. 아이들은 따뜻하게 재울 수 있었다.

2.

아이와 함께라면 무조건 와야 하는 곳

야생 마멋 서식지

이제껏 큰 고비 없이 여행을 잘 해왔는데, 문제가 터졌다. 간밤에 전기 장판 없이 잤다가 그만 감기에 걸렸다. 새벽부터 오한에 자다 깨기를 반복했다. 입맛이 하나도 없고 그저 가만히 누워있고 싶었다. 타이레놀을 먹었다. 약 기운이 돌면서 열이 떨어지고 몸이 조금씩 가벼워졌다. 날씨도 내 컨디션처럼 찌뿌둥하게 흐렸다.

남편이 가까운 곳을 둘러보자고 했다. 어디로 가는지 묻지도 않고 차에 올랐다. 아이들은 평소와 달리 조용한 엄마가 걱정되는지 자기들은 열이 많아서 밤에 하나도 안 춥단다. 그러니 전기장판을 양보하겠다며 큰소리를 쳤다. 귀여운 녀석들, 아픈 엄마 걱정도 해주고 참 착하게 잘 자라고 있구나 싶어 대견했다. 내가 천사를 낳았나 보다.

남편이 한적한 도로에 차를 세웠다. 수풀이 우거진 길은 작은 언덕으로 향해 있었다. 남편을 따라 걷기 시작했다. 아이를 동반한 가족들이 같

은 곳을 향하고 있었다. 이곳은
피츠보에(Piz Boè)에 있는 야생
마멋의 서식지(Sentiero delle
Marmotte)였다. 동글동글한 마
멋들이 동굴에 들어갔다 나왔다
가 하며 사람들이 건네주는 당근
과 식빵, 바나나를 먹고 있었다.
열 마리는 넘어 보였다. 아이들
은 바닥에 누군가 떨어뜨린 당근
조각을 주워 마멋을 유인해 보았
다. 마멋들이 아이들 손을 따라
고개를 갸웃갸웃하는 모습이 귀

음식을 공양받는 마멋이다.

여웠다. 마멋들은 사람들이 공양하는 음식들 냄새를 하나씩 맡아보고 자
기가 제일 좋아하는 음식부터 먹었다. 상전이 따로 없었다.

녀석들은 빵과 땅콩을 좋아했다. 그다음이 바나나, 사과, 당근 순서였
다. 어떤 할아버지께서 손바닥 가득 땅콩을 담고 내밀었을 때 갈색 털 뭉
치들의 적극적인 태도는 놀라웠다. 주변 아이들은 마멋의 선택을 받은
할아버지를 부러운 눈으로 바라보았다. 우리 아이들도 마멋에게 균형 잡
힌 영양 제공을 하기 위해 땅콩을 지금 당장 사러 가야 한다는 주장을 펼
쳤으나 기각당했다.

야생의 마멋들에게 당근은 접하기 어려운 고급 음식 중 하나일 텐데
이곳에 사는 녀석들에게는 흔해 빠진 사료쯤 되는 건지 한두 입 먹고는

그대로 바닥에 던져 버린다. 우리 아이들은 마멋을 유인할 건더기가 없었으므로 아쉬운 대로 바닥에 던져진 당근에 묻은 흙을 털어내고 다시 내밀었다. 마멋의 까만 눈동자가 '아니, 이거 말고. 이건 질릴 대로 먹었어. 쌈박한 음식 없니.'라고 말했다. 아이들은 아랑곳하지 않고 당근을 주고 또 거부당하고 다시 주워서 내미는, 한 방향 소통을 하고 있었다.

이 장면을 보니 기억 저편에서 첫째가 태어나서 처음으로 이유식을 먹었던 순간이 문득 떠올랐다. 소고기와 쌀가루를 넣고 이유식을 만들었다. 솔직히 말하면 만드는 순간부터 냄새가 역해서 멀찍이 떨어져서 냄비를 저었음을 고백한다. 어린이 의자에 안전띠를 채워 앉혀놓고 한 김 식힌 이유식을 아들 입에 넣었다. 아기의 눈, 눈썹, 코, 입이 가운데로 몰리며 요상한 표정이 되었다. 이유식은 아들 입에 머물지 못하고 턱 아래로 줄

많은 어린이가 마멋에게 먹이를 준다.

줄 흘렀다. 흐르는 이유식을 숟가락으로 거둬서 다시 입에 넣었다. 그땐 이유식을 시작해야 하는 시기니까, 당연히 그냥 책에 나오는 대로 했었다. 생각해 보면 의자에 묶인 채로 맛없는 이유식을 삼킴 당하는 고문의 현장일 수도 있는 거였다. 아기는 말이 없고 건강하게 성장한 아들은 그 시절을 다 잊어버렸다. 망각은 신이 주신 고마운 선물이다.

아이들은 어떻게든 가까이 가서 마멋과 눈을 맞춰보려고 용을 썼다. 운 좋게 다른 외국인 가족이 나눠 준 식빵이나 사과로 살살 꾀어 가까이 다가오면 그게 그리도 좋은가 보다.

내가 바위에 앉아 휴식을 취하는 동안 아이들은 실컷 마멋과 교감을 나눴다. 시간이 많이 흘렀지만, 아이들은 '조금만 더, 조금만 더'를 외치며 떠날 생각을 하지 않았다. 놀이터에서 놀사며 겨우 달래어 차에 올랐다.

유럽에서 감동스러웠던 부분은 어디든 경관이 빼어나거나 유명한 장소에는 꼭 어린이 놀이터가 있다는 점이었다. 아이들은 실컷 놀이터에서 놀고, 그동안 어른들은 편안하게 경치를 구경하거나 커피를 즐길 수 있었다. 남녀노소 모두가 즐길 수 있도록 배려한 설계다.

아름다운 아비시오(Avicio) 물줄기가 흐르는 숲에 조성된 모험적인 놀이터(Parco giochi)에서 오후를 보내기로 했다. 캠핑장을 찾을 때 우연히 발견했던 장소였다. 사쏘룽고(Sassolungo)의 숨 막히는 경치를 배경으로 아이들이 뛰노는 모습이 CF의 한 장면 같았다. 내가 놀이터에 비치된 피크닉용 벤치에 앉아 초콜릿을 먹는 동안 남편은 아이들 놀이기구를 밀거나 끌어주었다. 두 살 터울의 남매는 사이좋게 조잘거리며 놀이를 함께 했다. 아직 몸이 다 낫지 않았지만 바라만 봐도 행복했다. 아이들이 먹는 것만 봐도 배가 부르다, 바라만 봐도 좋다는 부모님의 말씀이 이해가 가는 순간이었다. 훗날 내 아들, 딸도 자식을 키우면서 나와 같은 생각이 드는 날이 올 테지. 사랑은 이렇게 대물림 되나 보다.

사쏘룽고 전망의 놀이터

이탈리아에 왔으니, 피자를 먹어봐야겠다. 후기가 좋은 레스토랑(La stalla Del Nonno)으로 향했다. 화덕에서 맛있게 구워지는 치즈와 도우 냄새가 났다. 웃음소리와 이탈리아어로 실내가 시끌시끌했다. 선대 경영자의 흑백 사진들과 구식의 인테리어는 이 레스토랑의 긴 역사를 짐작케 한다. 분위기를 보아하니 틀림없는 맛집이었다.

"보나세라(Buonasera)."

이탈리아 전통의상을 입은 직원이 미소를 지으며 말을 건네온다.

"보나세라(Buonasera). 4명의 사람입니다."

우리는 식당 안쪽의 아늑한 테이블로 안내받았다. 피자 메뉴판은 오직 이탈리아어로만 나와 있어서 직원에게 이 레스토랑에서 가장 인기 많은 메뉴를 추천해 달라고 했다. 그녀는 3가지 메뉴를 추천해 주었다. 추천대로 주문했는데 3가지 메뉴가 모두 피자라 당황했다. 셋 중 하나는 감자튀김과 핫도그인 줄 알았는데 감자튀김과 소시지가 올라간 피자였다.

신선한 루콜라와 얇게 저민 햄이 올려진 피자가 맛있었다. 안타깝게도 나는 아직 몸이 좋지 않은 탓에 많이 먹지 못했다. 남은 피자는 싸 들고 내일 점심 때 도시락 겸 먹기로 했다.

2023년 8월 18일 (금) 날씨 ☀️ 해

제 마멋 부날 ⊙

① 오늘 돌로미티 산에서 마멋
을 봤다. 마멋을 보기 전에 산을
올랐다. 그 다음 마멋을 봤는데 생
김새는 비버 성능은 두더지 같았다.
너무 귀여워서 당근을 주니 절단기
같이 갈아 먹었다. 마멋이 산 전체
에 구멍을 팠다. 참짜 신기하고 귀여
운 동물이였다 -끝-

3.
한국형 극가성비 돌로미티 코스

세체다, 알페디시우시, 친퀘토리

날씨가 맑아서 돌로미티 슈퍼 썸머카드(Dolomiti supersummer card)를 구매하기로 했다. 썸머카드는 정해진 기간(1일, 4일 중의 3일, 7일 중의 5일) 동안 돌로미티 전역의 케이블카와 곤돌라를 무한정 이용할 수 있는 통행권이다. 우리는 1일 패스로 한국인에게 인기 있는 3대 봉우리를 전부 방문하는 무모하지만, 가성비 좋은 계획을 세웠다. 동쪽으로 이동하며 세체다(Seceda), 알페디시우시(Alpe di Siusi), 친퀘토리(Cinque Torri)를 둘러보기로 했다.

오르티세이(Ortisei)에 위치한 세체다 행 케이블카 탑승장으로 향했다. 케이블카를 한 번 갈아타고 나서야 해발 2,500m 세체다(Seceda) 정상에 도착했다. 8월 중순인데도 이곳은 서늘하기 그지없었다. 산봉우리는 하늘을 가를 듯 솟아 있고 아래로는 푸른 초원이 펼쳐져 있었다. 케이블카 탑승장에서 왼쪽으로 10분 정도 오르막길을 오르면 세체다의 십자가와 파노라마 전망대에서 아름다운 능선을 볼 수 있다고 한다. 하지만 도저히 움직일 기분이 아니었다. 남편과 첫째만 세체다 전망대를 다녀왔다.

세체다의 파노라마 풍경

오르막길 오르기가 싫었던 건지 가지 않겠다는 둘째와 함께 산장 카페 앞 놀이터에서 기다리기로 했다. 자기도 몸이 안 좋다며 낑낑 앓는 소리를 하던 둘째는 놀이터에서 날아다니는 모습을 보여줬다. 재미없는 오르막길 오를 힘은 없지만 놀이터에서 놀 에너지는 있는 그녀다. 나는 놀이터에 가만히 앉아 다람쥐처럼 깡총깡총 뛰어다니는 딸의 동선을 쫓았다.

돌아온 아들은 능선 뒤로 가득 핀 보라색 꽃들과 파노라마의 황홀한 전경을 나에게 자세히 설명해 주었다. 같이 가지 못해서 안타까웠던 모양이다. 남편이 찍어온 사진을 보며 아쉬움을 달랬다.

다시 케이블카를 타고 주차장으로 돌아오자마자 알페디시우시(Alpe di Siusi)로 향했다. 돌로미티의 수많은 산봉우리마다 모양도 색깔도 다른 다양한 케이블카가 있었다. 이번에 탈 케이블카는 호박처럼 생긴 빨간색 케이블카였다.

알페디시우시는 유럽에서 가장 거대한 고지대 평원이다. 풀과 야생화로 뒤덮인 드넓은 평원은 초록빛 물결이었다. 그 주변으로 광활하게 펼쳐진 회백색 산은 아름다운 곳을 지키려는 듯 장승처럼 둘러섰다. 세체다에서는 오르막을 올라야 파노라마 전망대로 갈 수 있었지만, 이곳은 평원이라 천천히 걸으며 산책할 수 있어 좋았다.

탑승장에서 멀지 않은 곳에 스키장에서 흔히 보이는 리프트 탑승장이 있었다. 재밌겠다며 아이들이 타보자 했다. 썸머카드 뽕을 뽑는 김에 내려갔다가 바로 리프트를 타고 돌아가도 되었다. 참, 뭐든 해봐야 안다고

알페디시우시 리프트

뚜껑 없이 바람을 맞으며 타는 리프트만의 매력이 있었다. 시원하고 스릴 있으면서 전망도 잘 보이는 숨은 핫스폿이었다. 애들이 타자고 하지 않았으면 시도할 생각도 않았을 텐데 역시 아이들과 함께하는 여행은 의외성과 새로움이 있다.

이왕 내려왔으니, 아랫동네도 둘러보려고 하는데 조그만 놀이터, 나무 그늘이 있는 아담한 인공호수가 보였다. 구름을 담은 호수가 잠깐 쉬었다 가라고 손짓했다. 가는 곳마다 뜻밖의 선물을 받는 기분으로 신나게 호숫가로 갔다. 그늘에 적당히 자리를 잡고 어제 남겼던 피자로 배를 채웠다. 아이들은 길목에 고여 있는 흙탕물에서 실지렁이를 발견하고 나무막대기로 한참을 놀았다. 체력도 조금 회복되었고, 실지렁이와 인연의 끈을 놓지 못하는 아이들을 달래 리프트 탑승장으로 갔다.

아뿔싸, 리프트 브레이크타임에 딱 걸렸다. 12:30~13:30 사이에는 운행하지 않는다고 한다. 이렇게 큰 표지판이 있었는데 왜 아까는 미처 발견하지 못했을까. 다음 장소인 친퀘토리로 가려면 여기서 미적거릴 시간이 없었다. 지그재그 모양의 오르막길을 오르기 시작했다. 리프트로 내려올 때는 금방 도착했었기에 가까운 거리인 줄 알았는데, 가도 가도 끝이 없고 감기 몸살이 다 낫지 않아서 그런지 다리에 모래주머니라도 달린 듯 한 걸음, 한 걸음이 무거웠다. 땀을 뽀작뽀작 흘려가며 25분 만에 리프트를 탔던 곳에 도착했다. 리프트나 케이블카의 운행 시간을 미리 확인하시길 바란다. 고생은 나만 하는 걸로 충분하다.

친퀘토리(Cinque Torri)가 오늘의 마지막 일정이자 하이라이트였다. 스키장에서 흔히 보는 리프트를 타고 올라갔다. 탑승장 앞에 큰 야외주차장이 있고, 유럽에서는 드물게 무료로 주차할 수 있었다.

다섯 개의 탑이라는 뜻을 가진 친퀘토리는 웅장한 모습을 하고 있었다. 파란 하늘과 대비되어 더 싱그러워 보이는 초록 잔디 위에 거대한 연회색의 백운암이 독특한 모양으로 뭉툭 솟아 있다. 과연 이곳도 지구의 일부가 맞는지 의심스러운 풍광이었다.

남편과 나는 역시 주인공은 마지막에 등장한다며 친퀘토리의 웅장하고 압도적인 모습에 놀랐다. 큰 바위 위를 암벽 등반하는 모험가들도 보

잔디에 앉아 친퀘토리를 구경하는 아이들

였다. 바위가 얼마나 큰지 사람은 작은 점에 불과했다. 친퀘토리를 감상
할 수 있는 목 좋은 자리에 식당 겸 카페가 있었다. 커피든 맥주든 뭐든
먹고 마시며 풍경을 오래도록 구경하고 싶었다. 아이들에게는 주스와 조
각 케이크, 나는 카푸치노, 남편은 생맥주를 주문했다. 산꼭대기에 있는
유일한 카페인데 생각보다 저렴했다. 한국에 이런 전망의 식당이 있다면
부르는 게 값 아닐까.

　기가 막힌 풍경을 보며 이탈리안 바리스타가 내려준 카푸치노를 마시
다니. 기분이 좋아서 몸이 한결 가벼워졌다. 오늘은 계 탄 날이다.

4.

엄마가 해결한다

코르티나 담페초

친퀘토리에서 내려와서 다음 숙소로 향했다.

코르티나 담페초(Cortina d'Ampezzo)에 자리한 캠핑장에 가기로 했는데 시간이 벌써 오후 5시가 넘어서 자리가 있을지 걱정이었다. 그래도 오르티세이보다는 덜 붐비는 분위기라 기대를 걸어보기로 했다.

가고자 했던 로체타 캠핑장(Camping Rocchetta)은 입구에 풀 북이라 쓰여 있어서, 바로 맞은편 코르티나 캠핑장(Camping Cortina) 리셉션으로 향했다. 나이가 지긋한 주인이 딱 두 자리가 남아 있으니 살펴보고 원하는 곳에 피칭하라고 했다. 최고 성수기 시즌인 데다 늦은 오후에 도착했건만 빈자리가 있어서 다행이었다. 캠핑 안내 지도에 비어 있다는 두 자리를 동그라미 해주셨다. 하나는 좁지만, 나무 그늘이 있는 곳, 다른 하나는 넓고 그늘이 없는 곳이었다.

어차피 서늘한 이곳에서는 햇빛이 드는 쪽이 더 좋았다. 빨래도 잘 마를 테니 말이다. 우리는 넓고 그늘이 없는 자리를 골랐다. 텐트를 설치하고 보니 화장실과 개수대도 멀지 않고 시야가 트여 숲과 산맥을 관망할 수도 있었다. 연식이 오래되어 보이는 캠핑장이었지만 시설은 깨끗했다. 다른 캠핑장과 마찬가지로 나이 든 노부부들을 많이 볼 수 있었다. 그들은 뜨거운 여름 날씨를 피해 이곳에서 캠핑카나 샬레(오두막 같은 작은 숙소)에서 오랫동안 머물다 갔다.

텐트 설치를 마치고, 근처 마트를 찾아 장을 보기로 했다. 카트에는 늘 그렇듯이 예상보다 더 많이 담긴다. 한국보다 저렴한 양고기와 밀키트로 나온 봉골레 파스타, 양파, 과일, 물, 탄산음료, 그리고 드디어 유럽형 플러그까지 담았다! 애타게 찾았는데 3일 만에 전기장판을 회생시킬 물건을 샀다. 만족스러운 쇼핑이었다.

프라이팬을 뜨겁게 달군 뒤 양고기를 올렸다. 기름이 사방으로 튀며 양고기 냄새가 솔솔 났다. 아이들이 양고기를 먹는 동안 봉골레 파스타 밀키트를 요리했다. 간편하게 두 요리로 배를 채웠다. 느끼함은 담아 두었던 깍두기가 해결해 줬다. 바쁜 일정에 쫓겨 많이 걸었던 아이들이 맛있다고 접시에 코를 박고 있었다. 설거지한 듯 아이들의 접시가 깨끗하게 비워졌다.

자, 이제 해결의 시간이다. 마트에서 구매한 플러그를 꺼내 들고 의미심장한 미소를 지어보았다. 고장 난 전기장판을 보란 듯이 고쳐서 아이들과 남편을 깜짝 놀라게 해주고 싶었다. 요즘같이 정보가 넘치는 세상에 플러그 연결쯤이야 유튜브에 검색만 하면 좌라락 나오니 문제없었다.

플러그를 분리하려면 연결된 나사를 풀어야 했기에 리셉션에 가서 드라이버를 빌려왔다. 가위로 조심스럽게 전기장판 전선을 잘라 피복을 벗겼다. 힘 조절을 하지 않으면 점점 전선을 더 많이 잘라내야 하는 불상사가 생길 수 있었다. 아이들도 숨죽이고 지켜보았다. 구리 선을 잘 말아서 새 플러그에 연결했다. 빌려 온 드라이버로 나사를 다시 잘 조였다. 과연 전기장판이 새 생명을 얻고 부활할 수 있을지, 두근거리는 마음으로 콘센트에 연결했다. 혹시 합선되어서 통구이가 될까 봐 불안했다. 다행히 스위치에 불이 들어오면서 장판에 따뜻하게 열이 오른다.

이탈리아에는 파스타 밀키트가 다양하게 있다.

모두 이 성공적인 작업에 손뼉을 치며 좋아했다. 제일 기쁜 사람은 나였다. 추위는 딱 질색인 데다가 몸살 기운이 아직 남아 있어서 뜨끈한 휴식이 간절했기 때문이다. 중학생 시절, 기술 산업 시간에 배웠던 조악한 전기제품 만드는 법을 활용하게 되는 날이 올 줄이야. 뭐든 배워 놓으면 남는다. 이번에 전기장판뿐 아니라 만능 엄마 이미지도 덤으로 얻었다.

남편은 뭐 했냐고? 리셉션에서 드라이버를 빌려왔다.

샤워장에서 씻고 돌아오는 길에 아늑하게 불이 켜진 우리 텐트가 보였다. 익숙해지면 그곳이 보금자리처럼 느껴지는지 처음 텐트에서 자던 날의 걱정과 긴장은 사라지고 내 집에 온 듯 편안하게 느껴지는 게 신기했다. 살아난 전기장판에 몸을 뉘었다. 뜨끈한 온기로 나를 반겨주었다.

장판아, 다시 만나서 반갑다.

5.

비교체험 극과 극 호수

미수리나, 브라이에스 호수

밤새 깊이 잘 잤다. 뜨끈한 장판에서 제대로 피로를 풀었더니 나를 괴롭히던 몸살도 물러갔다. 아프고 나면 건강이 얼마나 소중한지 알게 된다. 한 살이라도 더 젊을 때, 더 건강할 때 여행을 결심한 나, 칭찬해.

코르티나 담페초 근방의 유명한 호수를 방문해 보기로 했다. 카레짜 호수의 첫인상이 충격적으로 아름다웠기에 다른 유명한 호수들도 꼭 보고 싶었다. 첫 번째로 방문한 곳은 미수리나 호수(Lago di Misurina)이다. 멀리 크리스탈로 산(Monte Cristallo)과 전통 양식으로 지어진 미수리나 호텔이 아름답게 조화를 이룬다. 이 호수에 전해지는 전설을 알고 바라본 미수리나 호수는 어쩐지 서글퍼 보였다.

미수리나 호수

「소라피스 왕에게 미수리나라는 버릇없는 어린 딸이 있었다. 사람의 마음을 읽는 마법의 거울을 가지고 싶다며 아버지를 졸라댔다. 거울의 주인인 요정은 소라피스 왕에게 산으로 변하여 자신의 꽃밭에 그늘을 만들어 달라는 조건을 걸었다. 미수리나는 아버지가 산이 되는 것에는 아랑곳하지 않고 거울을 낚아챘다. 소라피스 왕은 조건 대로 서서히 산으로 변하기 시작했고 미수리나는 산비탈 길에서 굴러떨어지고 만다. 산이 된 소라피스 왕이 딸의 죽음을 슬퍼하며 흘린 눈물이 미수리나 호수가 되었다.」

자기 자신도 잃고 딸도 잃고 거울도 잃어버린 삐뚤어진 부성애의 말로라니. 교육이나 훈육이 없는 무조건적인 수용은 아이도 보호자도 모두 힘들어지게 된다. 첫째를 키우며 '안 돼'라는 말을 많이 사용하면 부정적인 사고회로를 가진 사람으로 성장할까 봐 불안했었다. 친절하고 긍정적인 말만 하려다 보니 아이에게 늘 선택권을 주게 되었다. 아이들이 유창하게 말을 하면서 조목조목 내 말에 반박하기 시작하자 더 이상 이 방법은 통하지 않았다. 그때부터 마법 같은 단어, 단호한 '안 돼'를 사용했는데 효과가 좋았다. 엄마가 '안 돼!'라고 하자 아이는 바로 수긍했다. 진작 이렇게 했었어야 했는데.

미수리나 아버지인 소라피스 왕이 마법의 단어 '안 돼'를 알았더라면 예쁜 딸과 오래오래 행복했을 텐데 말이다. 한국인이 많이 방문하는 호수라고 하는데, 녹차라테 같은 호숫물 덕분에 생각보다 감명 깊지 않아 잠깐 머물고 이동했다.

드디어 내가 사랑하는 브라이에스 호수(Lago di Braies)를 소개할 순서가 왔다. 지극히 주관적인 관점으로 이곳이 내가 보았던 많은 유럽 호수 중에서 가장 아름다운 호수라 생각한다.

브라이에스 호수로 향하는 도로는 온라인 주차권을 구매해야 통과할 수 있다. 주차장은 p1, p2, p3, p4가 있는데 호수와 가까울수록 주차비가 비싸진다. 우리는 p3 주차장을 예매했다. 호수에서 가장 가깝다는 p4 주차장과 바로 붙어 있었다.

군중을 따라 걷다 보니 소나무들이 드리워진 숲과 높은 산들로 둘러싸

브라이에스 호수에서 배를 타는 사람들

아이와 함께 유럽, 때때로 텐트 속

인 아름다운 뷰가 펼쳐졌다. 유리 같은 호수 위로 나무 보트들이 떠다니며 물결을 만들어 내었다. 호수 가장자리에 아담한 예배당이 보였다. 밝은 햇빛이 호수표면에 반사되어 눈이 부셨다. 아이들은 바지를 걷어 올리고 호수에 들어가 물고기를 쫓으며 놀았다.

나와 남편은 보트를 빌리려고 줄을 섰다. 2023년 기준 50유로에 40분 동안 보트를 대여할 수 있었다. 캐러멜색의 보트에 올라탔다. 아이들은 보트를 원하는 방향으로 노를 저어 움직이며 즐거워했다. 햇살이 밝을수록 호수는 청명하게 빛났다. 호수에 하얀색 옷을 담그면 비취색으로 물들 것 같았다. 자잘한 물고기들이 헤엄을 치며 노는 모습, 깊은 바닥의 자갈까지 그대로 보였다. 우리는 보트에서 휴대전화로 딸이 좋아하는 음악을 들었다. 춤추는 것을 좋아하는 둘째는 신나는 노래가 나올 때마다 리듬을 타며 몸을 흔들어 댔다. 이런 딸아이 모습을 보고 주변의 외국인들이 웃으며 사진을 찍어가기도 했다. 유쾌한 둘째 덕분에 보트 타기는 소풍처럼 재밌었다.

보트에서 내린 뒤 호수 주변을 산책하자 했더니 아이들은 물고기 구경을 하겠단다. 어디서 구했는지 빈 페트병을 들고 물속으로 첨벙첨벙 들어갔다. 자연은 아이들에게 흥미로운 놀이터다. 부작용이 있다면 자연물을 소유하고자 하는 마음이다. 반짝이는 돌멩이나 예쁜 조개껍데기는 낫다. 꼬물거리는 올챙이, 달팽이 같은 생물들을 키우자고 조를 때는 난감하다.

숙소로 돌아가려는데 아들 윗옷이 부풀어 있었다. 안에 분명 무언가

숨긴 것 같아 뭐냐고 물으니 브라이에스 호숫물이 예뻐서 조금 담아왔단다. 두 남매가 서로 말이 다르고 어물어물하는 것이 아무래도 수상했다. 어서 꺼내 보라 했더니 아니나 다를까, 자그만 물고기가 페트병 안에서 헤엄치고 있었다. 아이들은 자기들이 잘 키울 수 있다고 큰소리쳤다. 여행 중인 우리가 어떻게 물고기를 잘 돌봐줄 수 있다는 말인지. 페트병 속의 물고기도 '그래, 그래' 하며 뻐끔거렸다. 물고기 가족들이 함께 살 수 있도록 호수에 보내주고 오라 했더니 터덜터덜 돌아섰다. 그새 정이 들었는지 한참을 바라보다 보내주었다.

빈 페트병으로 호수에서 노는 아들

2023년 8월 20일 (일) 날씨: ☀️ 해

제물고기 끝

오늘 브라이어스 호수에서 물고기를 잡았다. 물고기를 잡기 전에 물고기를 유인했다. 그 다음에 신발에 넣어서 물고기를 잡았다. 그 다음 물통에 물고기를 넣었다. 그 다음 엄마아빠가 물래 들고 가려고 했지만 들켜서 다시 풀어줬다. 그래도 재미있는 하루였다. 끝~

6.

베네치아 오자마자 후회한 이유

베네치아

　내비게이션이 안내해 주는 대로 돌로미티에서 3시간을 운전해서 물의 도시 베네치아(Venezia)에 도착했다. 베네치아 캠핑장(Camping Venezia Village)은 비어 있는 공간이 많고 한산했다. 우리는 곧 왜 돌로미티에 비해 사람이 적은지 알게 되었다. 서늘하던 고산지대와 달리 이곳은 덥고 습했다. 텐트를 설치하며 한국 여름 같은 매운맛 더위를 겪었다. 텐트 피칭 후, 그늘에 한참 늘어져 있어야 했다. 베네치아에 도착한 지 얼마 되지도 않았는데 선선한 바람이 불던 알프스가 그리워졌다. 차가운 수영장에 뛰어들어 더위를 식혔다. 전기장판을 고치자마자 쓸모가 없어지다니 안타까웠다.

　더운 날씨 덕분에 해 질 녘쯤 천천히 베네치아를 구경하기로 했다. 대중교통을 이용했다. 버스 정류장 근처로 기념품을 파는 가판대가 즐비했다. 가격이 비싸지 않아서 냉장고 마그넷을 아이들과 구경했다.

곤돌라가 떠 있는 풍경

가판대 사장님이 말을 걸어왔다. 스리랑카에서 왔다는 그는 이탈리아에 정착해서 살아가는 이민자였다. 한국에서도 일한 적 있어서 한국어도 할 줄 알았다. 여러 난관을 거쳐 현재는 가판대 3개를 운영 중이란다. 표정에는 자랑스러움이 묻어났다. 타지에 적응하여 사업을 키우기까지 무수한 언어적, 문화적 장벽을 이겨낸 그의 성취에 박수를 보내주고 싶었다.

알프스 지역의 무시무시한 물가에 시달렸던 나는 당장 지갑을 열어 냉장고 자석과 모자를 샀다. 딸이 주로 쓰던 모자가 뜯어져 새 모자가 때마침 필요했다. 둘째는 리본이 달린 새하얀 모자를 골랐다.

해 질 녘 베네치아의 황홀한 모습은 빛과 물과 도시가 어우러진 인상파 화가의 그림같이 독특한 매력이 있었다. 큰 골목이 있을 만한 곳에 잔잔한 물길이 있고, 건널목 대신 물길을 건널 수 있는 다리가 있었다. 황금빛으로 아른거리는 물결과 노란색과 주황색 필터를 끼운 듯 따뜻한 색감으로 빛나는 건물들, 느리지만 리듬 있게 노를 젓는 곤돌리에, 길어지는 그림자, 모두 로맨틱했다.

베네치아로 오는 관광객들은 2024년부터는 입장료를 내야 한다는데 그렇더라도 밀려드는 사람들 숫자는 줄어들지 않을 것 같다. 이렇게 독특한 매력을 가진 역사적인 공간은 어디를 가도 찾을 수 없기 때문이다.

아이들은 오래 걷기를 힘들어했다. 날씨도 덥고 금방 목이 말랐다. 달갑지 않던 표정이 바뀐 건 산마르코 광장 근처에서 장난감을 발견한 후였다. 청년이 바닥에 던지면 납작하게 펼쳐지는 끈끈이 장난감을 펼쳐놓고 판매하는 중이었다. 한국에서도 종종 가지고 놀던 장난감이라 별로 신기하지도 않은데 아이들이 사달라고 졸랐다. 가격은 하나에 3유로, 약 5천 원이다. 2유로 이하면 생각해 보겠다 했더니 아이들이 청년과 이야기를 나눈다. 나름대로 손짓, 발짓, 짧은 영어를 동원하여 딜을 하는 듯했다. 곧 신나서 쪼르르 달려오더니 말했다.

"엄마! 2유로 해주신대."

자! 그럼, 협상하러 가볼까. 장난감 청년과 대면할 시간이 왔다.

"얼마입니까?"

청년은 손가락 두 개를 펴 보이며

"2유로."

하고 답한다. 그래도 비싸다. 기념품점에 베네치아 곤돌라가 새겨진 마그넷도 1유로인데 말이다. 아이들 손을 잡고 휙 돌아서는 퍼포먼스를 하자 가격이 뚝 떨어진다. 결국 장난감 2개를 3유로로 사들였다. 젤라또든 장난감이든 이 정도 뇌물은 쥐어줘야 여행이 편해진다. 아이들은 이름까지 붙여주며 애지중지하고 놀더니 곧 싫증을 냈다. 이 장난감들은 한동안 보이지 않다가 나중에 흙먼지가 잔뜩 붙은 채 자동차 시트 아래에서 발견되었다.

저녁 식사는 야경을 보며 근사하게 먹기로 했다. 구글 평정 4점 이상인 식당(Rio Novo)을 찾았다. 친절한 웨이터의 서비스를 받으며 안내된 자리에 앉았다. 수로를 바라보며 식사를 할 수 있었다. 우리는 랍스터 해산물 스파게티와 먹물 스파게티, 피자를 주문했다. 뻑뻑하면서 고소한 소스와 풍부한 해산물이 맛있었다. 더위를 먹은 탓에 배가 고프지 않지만 우리는 참 잘 먹었다.

서비스로 작은 잔에 노란색 술을 받았다. 뭐냐고 물어보니 '레몬 첼로'라고 한다. 향긋한 레몬 향이 나기에 덥석 한 모금 마셨더니 독한 술맛

젤라또 하나씩 들고 야경을 바라보았다.

이 확 올라온다. 쓴 알코올이 목을 타고 넘어가면서 눈이 튀어나올 뻔했지만, 웨이터가 곤란해할까 봐 얼른 표정 관리를 했다. 다음 날 식당 앞을 지나치다가 그 웨이터를 만났는데, 세상 반갑게 인사를 해줬다. 이탈리아 남성들은 왜 다 친절할까.

구글 지도가 있어서 여행 다니기 좋다. 가고 싶은 곳, 먹고 싶은 곳, 사고 싶은 곳 모두 검색 한 번이면 비교하며 마음에 드는 곳으로 갈 수 있다. 예전이야 정보가 없으니, 식당을 가려 해도 누군가에게 직접 추천받거나 호객하는 직원을 따라가거나 사람 많은 곳을 눈치껏 찾아갔었지만, 이제는 사람들이 매겨놓은 평점을 보고 대충 여기는 괜찮은 곳일지 아닐지 짐작할 수 있다. 용기만 있으면, 언제든 떠날 수 있다. 구글 지도 만세.

7.

안 먹고 10년 사는 드래곤, 올름

슬로베니아, 포스토이나 동굴

슬로베니아에 갈 생각은 없었는데, 가본 나라 개수에 집착하는 아이들 때문에 방문하게 되었다. 세계 3대 동굴 중 하나라는 포스토이나 동굴(Postojna Cave)이 슬로베니아(Slovenija)에 있었다. 크로아티아 가는 길에 잠깐 들를 예정이었다. 이번에도 어김없이 구글 지도로 검색해서 동굴로 가는 길목에 자리한 레스토랑(Gostilna Hrusevje)을 발견했다.

한적한 시골길에 자리한 레스토랑 입구에서 서성거리니 직원이 나와서 맞이해주었다. 우리는 파라솔이 펼쳐진 야외 테이블에 앉았다. 직원이 와서 곧 브레이크타임이라 조리하는 데 시간이 오래 걸리는 음식은 주문할 수 없다고 했다. 주문이 가능한 메뉴는 세 가지라 해서 그 세 가지를 골고루 시켰다. 슈니첼과 닭고기 샌드위치, 고기 수프였다. 양이 푸짐했다. 얇은 고기에 바삭한 옷을 입혀 튀겨낸 슈니첼은 돈가스와 비슷해서 아이들이 잘 먹었다. 닭고기 샌드위치도 양이 많고 맛도 있었다. 오랜만에 먹은 뜨끈한 수프 역시 아이들 취향에 맞았는지 이 이후로 배가 고플 때마다 고기 수프가 먹고 싶다고 자꾸 아련한 눈빛을 보내곤 했다. 나중에 마트에서 고기 수프용 가루를 발견해서 종종 끓여 먹었다.

식사하는 내내 주변 시선을 느낄 수 있었는데, 아시아인이 없어 눈에 띄었나 보다. 특히 건너편 테이블에 앉은 꼬마의 호기심 가득한 눈빛을 잊을 수 없다. 후후. 눈에 띄는 외모라 어쩔 수가 없다. 이 정도의 불편함은 감당해야 하는 운명이다. 한국에 돌아가면 다시 없을 관심을 즐기기로 했다.

직원은 식사 중간마다 친절하게 음식 맛이 어떤지 물어보았고, 주문하지 않은 후식도 서비스로 제공해주었다. 달콤한 조각 파이였고 우리는 남김없이 다 먹었다. 계산대에서 엄지를 들어 보이며 맛있었다고 고맙다고 했더니 서빙을 했던 직원과 계산하는 직원이 환하게 웃었다. 나중에 포스토이나 동굴 앞 식당에서 비슷한 파이를 5유로에 팔고 있는 것을 보았다.

온라인으로 입장권을 구매하고 포스토이나 종유석 동굴 입구로 가서 기다렸다. 이탈리아어 해설자, 또는 영어 해설자에 따라 무리를 나누어 기차에 탑승했다. 연중 동굴 내 온도는 여름이든 겨울이든 10도를 유지한다고 한다. 우리는 추위를 대비하여 챙겨온 경량 패딩과 바람막이를 껴입었다. 돌로미티에서 내려온 이후 더위에 고생하던 터라 시원함이 반가웠다.

24km나 된다는 유럽 최대의 동굴은 규모가 엄청났다. 기차가 출발하고 물기로 반들반들하게 빛나는 울퉁불퉁한 동굴을 지났다. 똑같은 모양

은 하나도 없는 종유석들을 구경하며 십분 가량 깊숙이 들어갔다. 동굴
안의 습하고 차가운 바람이 머리카락을 흔들었다. 기차가 멈추고 우리는
인솔자를 따라 내렸다.

슬로베니아 종유석 동굴 노란색 기차를 타고 동굴 깊이 들어간다.

구간마다 특이한 모양을 한 종유석이 있었고, 모양에 어울리는 이름도 가지고 있었다. 천장에 면발이 대롱대롱 매달려 있는 것 같은 모양을 한 스파게티 종유석이 가장 기억에 남는다. 관찰하느라 목을 천장으로 꺾어 한참 들여다보았다.

마지막 코스로 작은 수족관에서 올름(Olm)이라는 도롱뇽을 관찰했다. 아이들은 드래곤을 볼 수 있을 거라며, 이 순간을 잔뜩 기대했다. 동굴공원 입구에서부터 기념품 가게마다 이 도롱뇽 인형을 잔뜩 내놓고 팔고 있었기 때문이다. 빛에 민감한 종이라 수족관 환경을 어둡게 해두어 자세히 보기는 힘들었지만 특이한 모양새는 확인 가능했다. 눈과 이빨이 퇴화하였고 뱀처럼 길며 하얀 몸통에 4개의 작은 다리를 가져 꼭 아기 드래곤처럼 보였다. 움직임이 거의 없었다. 100년 가까이 살 수 있고 먹지 않고도 10년 동안 생존 가능하다고 한다. 신비로운 생물이었다.

기차를 타고 다시 되돌아 나가야 하는 시간이 되었다. 서늘한 곳에서 오래 있었더니 아이들 코에서 맑은 콧물이 흘렀다. 종유석 동굴 안으로 기차를 타고 들어왔다 나가는 경험은 색달랐다. 동굴을 빠져나오자 뜨거운 햇살에 금방 피부가 달아오른다. 한낮에 더위를 피해 이곳을 구경하길 잘했다.

8.

벌거벗은 아이들과 팬티 차림의 청년

크로아티아, 드라구크

슬로베니아를 거쳐 크로아티아(Croatia)로 오자 서유럽과 동유럽의 물가 차이가 바로 느껴졌다. 스위스와 이탈리아 북부 알프스 캠핑장에서 4인 가족이 텐트와 자가용 한 대를 가지고 하루를 머무는 가격은 65~75유로였다. 크로아티아에서 더블 침대 2개와 욕실, 주방을 갖춘 4인 가족용 숙소가 1박에 50~70유로대로 얼마든지 고를 수 있었다. 캠핑하느라 린넨이 깔린 침대에서 잠을 자본 지 오래되었기에 우리는 물가가 상대적으로 저렴한 크로아티아에서는 에어비앤비 숙소를 이용하기로 했다. 크로아티아의 캠핑장들은 1박에 45~60유로 정도의 비용이므로 여행예산을 더 적게 지출하고자 한다면 캠핑장을 이용해도 좋다.

드라구크(Draguc)라는 중세언덕마을에 위치한 복층 숙소 사진이 마음에 쏙 들어 예약해 두었다. 한적하고 좁은 도로를 따라 산 위로 한참 오르다 보니 영화 세트장 같은 작은 마을이 등장했다. 세월이 드러나는 작은 교회와 오렌지색 지붕이 어우러진 오래된 주택들이 띠를 이루며 언덕

위에 소복하게 앉아 있었다. 실제 이곳에서 많은 영화가 촬영되고, 이스트리아 할리우드라는 별명이 붙여져 있다고 한다. 이 장소에서 가장 이질적인 것은 우리가 타고 온 번쩍이는 회색 SUV뿐이었다.

드라구크 중세마을

호스트가 마중 나와 있었는데 영어를 할 줄 모르셔서 휴대폰 번역기로 소통했다. 식탁 위에 갓 딴 무화과를 웰컴 과일로 한가득 올려 두셨다. 약초로 만든 담금주도 마음껏 마셔도 된다고 덧붙여 주신다. 호스트의 환영에 몹시 기분이 좋아졌다. 아이들은 침대에서 몸을 뒹굴뒹굴하며 텐트에서 자지 않아도 되는 기쁨을 만끽했다.

2층으로 오르면 야외 테라스로 통하는 문이 있고, 테라스에는 4인용 테이블과 의자가 준비되어 있었다. 우리는 야외 테이블에 앉아 싱싱한 무화과와 과일 주스를 먹으며 언덕 아래로 펼쳐진 푸른 숲과 작은 마을을 감상했다. 산 위에 있는 마을이라 전망이 멋졌다. 고요하고 평화로운 분위기가 마음에 쏙 드는 숙소다. 창가에 전시된 아기자기한 소품과 솔방울들도 귀여웠다.

숙소에 세탁기가 있어서 미뤄뒀던 빨래를 돌렸다. 유럽 마트에서 구입한 시트러스 세제 향이 빨래를 들고 2층으로 오르는 나를 졸졸 따라왔다. 야외 테라스 난간에 설치된 빨랫줄에 옷을 탁탁 털어 널었다. 국수면을 삶아 비빔국수와 삶은 달걀로 저녁을 먹은 아이들은 눕자마자 잠들었다. 과연 침대가 좋긴 좋다. 나 역시 머리를 붙이자마자 곯아떨어졌다.

아침에 눈이 부셔서 일어났다. 창으로 햇살이 가득 들어오는 집이었다. 호스트 여사님 말씀으론 여기서 9㎞ 떨어진 곳에 수영을 할 수 있는 파진시카 강(Pazincica River)과 자레키 동굴(Zarecki Krov)이 있단다. 거기서 느긋하게 오전을 보내며 피크닉을 즐기기로 했다.

졸졸 물소리가 들리는 숲속으로 들어섰다. 먼저 자리를 잡고 물놀이를 즐기는 가족들이 있었다. 서너 살쯤 된 벌거벗은 아기들은 맨질맨질한 엉덩이를 드러내고 물속을 탐험하는 중이었다. 평평한 바위 위로 작은 폭포가 떨어졌다. 초록빛의 깨끗한 물속에 물고기들이 오가는 게 보였다. 수영복으로 갈아입고, 캠핑 의자를 펼쳐서 나무 그늘에 자리를 잡았다.

해가 높이 뜨며 더워지자 동네 사람들이 폭포 위에서 다이빙을 즐겼다. 어떤 청년은 집에 가던 길에 멈춰서 가방과 입고 있던 옷을 훌훌 벗어 바위에 두었다. 그러더니 팬티차림으로 멋지게 다이빙을 했다. 재미있어 보여 나도 도전해 보려고 바위 위로 올라가 보았더니, 이런! 높이가 아찔했다. 다리를 온전히 펴기 힘들 정도였다. 밑에서 볼 때는 그리 안 높아 보였는데 말이다. 다시 얌전하게 발을 디디며 폭포 아래로 걸어 내려갔다. 남매는 낮은 바위 위에서 물속으로 첨벙 뛰어들며 스릴을 즐겼다. 다이빙에 재미가 들렸는지 높이를 조금씩 더 높여가며 도전했다.

물놀이와 피크닉을 하고 온 사이 2층 테라스에 널어놨던 빨래가 햇빛에 바싹하게 말랐다. 저녁밥을 안치고 잠시 식탁에 앉아 쉬었다. 산 아래로 나뭇잎들이 싱그럽게 흔들리고 있었다. 여행을 다니며 날씨의 중요성을 깨달았다. 세상의 모든 색깔을 더 선명하게 해주는 햇빛의 존재만으로 삶이 더 충만하고 풍요로워진다.

드라구크 자레키 폭포 동네 청년들이 다이빙을 준비하고 있다.

9.

이곳에는 요정이 산다

플리트비체 호수

크로아티아에 왔다면 플리트비체(Plitvice Lakes)를 안 보고 갈 수 없다. 영화 〈아바타〉의 배경이라고 한다. 플리트비체 근처 시골 마을에 숙소를 잡았다. 소를 키우는 농장과 옹기종기 모여 있는 몇 채의 주택들을 지나 우리 숙소를 찾았다. 주인 할머니 할아버지께서는 영어를 할 줄 모르셔서 딸인 마리아가 대신 안내해 주었다. 내일 새벽같이 일어나서 플리트비체로 가려면 일찍 잠들어야 한다. 플리트비체는 워낙 찾아오는 사람들이 많아서 여유 있게 구경하려면 아침 첫 투어 시간인 7:00에 도착하는 게 좋겠다는 판단 때문이었다. 내일 점심 도시락으로 김밥을 싸려고 미리 참치통조림과 계란지단, 김을 준비해 놓고 잠들었다.

따르릉따르릉 알람 소리가 내 귀를 때리며 정적을 깼다. 무겁게 몸을 일으켰다. 예전에는 엄마의 호통 소리를 듣고 미적미적 투정을 부리며 일어났는데 이제는 내가 엄마라 알아서 일어나야 하는 게 서글프다. 아이들이 혹시 잠투정하면 어쩌나 걱정했지만, 전날 예고를 해둔 탓인지 기특하게도 발딱 일어나 화장실로 갔다. 참기름과 소금을 섞은 밥을 올리고 두껍게 부친 계란지단과 캔 참치에 마요네즈와 설탕, 후추를 섞어 김밥 속을 채웠다. 스테이크에 곁들이려고 샀던 파프리카를 식초와 소금에 절여 단무지 대신 넣고 쓱쓱 말았다. 어차피 김밥은 참기름 맛으로 먹는 거니까 참기름을 넉넉히 발랐다.

마실 물과 김밥, 감자 칩, 젤리, 과일을 담아 묵직한 배낭을 메고 나섰다. 숙소 주인 노부부가 키우는 강아지가 왈왈 짖어대며 아는 체했다. 아이들은 아직 잠이 덜 깨 자동차 뒷좌석에서 비몽사몽 정신이 없었다. 우리 부부는 운전하며 도로 너머에서 말갛게 떠오르는 해를 보았다. 차를 타고 갈 때 남편과 가장 대화를 많이 나눈다. 힘든 일정을 잘 따라와 주는 아이들에 대한 칭찬과 가정을 이끌어 가는 서로의 노고를 감사하기도 하고, 앞으로 건강에 신경 쓰자는 이야기, 여행 중 인상 깊었던 부분들을 이야기하곤 했다.

소통하지 않으면 부부 사이가 소원해진다. 갓난쟁이를 키우면서 서로 잠이 부족하고 일상에 지쳐 대화를 나누지 못해 오해가 쌓이는 일도 있었다. 아이들이 성장하면서 내 삶에도 여유가 찾아오자, 원래 말이 많고 질문도 많은 나는 남편을 귀찮게 한다. 과묵한 편이던 남편도 요즘엔 맞장구도 쳐주고 공감도 해준다.

플리트비체는 수천 년간 석회 침전물들이 쌓여 댐이 만들어지고 그 위로 물이 흐르면서 생겨난 자연 호수와 폭포다. 밀도 높게 자란 나무 사이사이를 흐르는 옥색의 물은 바닥까지 훤하게 보였고, 송어 새끼들이 자유롭게 헤엄쳐 다녔다. 수풀과 야생 꽃들이 어우러진 호수는 요정들이 날아다닐 듯했다. 어쩌면 신이 한 번씩 놀다 가려고 빚어둔 완벽한 정원을 인간이 감히 발견한 듯했다.

플리트비체 전망

맑은 호수를 가로지르는 데크길을 따라 산책하듯이 걷기 참 좋았다. 아이들은 데크 가장자리에 걸터앉아 물고기들을 시선으로 쫓았다. 다리도 쉴 겸 벤치에 앉았다. 고소한 참기름 향이 나는 김밥을 꺼냈다. 많이 걸었던 데다가 경치 좋은 곳에서 먹으니 꿀맛이다. 밀폐용기에 8줄 넘는 양을 싸 왔건만 금세 사라지고 밥풀만 몇 개 붙어 있다. 새벽부터 일어나 설친 보람이 있었다.

11시가 넘어가자 점점 사람들이 많아지더니 데크길에 줄을 서서 이동해야 하는 지경이 되었다. 아침 일찍 도착했을 때만 해도 호수를 전세 낸 듯 여유 있게 감상했는데 이제 멈춰서 사진 찍을 때 눈치가 보였다. 버스와 유람선도 한 번씩 타보고 아름다운 풍경 속에서 걸어 다니느라 생각보다 시간이 빨리 흘러갔다.

숙소 근처 레스토랑(bistro Rivic)에서 이 지역의 유명하다는 송어요리를 주문해서 먹었다. 별다른 소스 없이 소금과 후추로만 간을 한 송어구이와 구운 호박과 피망이 곁들여 나왔다. 고기를 돌돌 말아 그 속에 치즈를 채워 구운 스테이크와 샐러드, 아이들이 좋아하는 고기 수프도 주문했다. 창밖으로 백조가 헤엄을 치는 강이 보여 분위기가 참 좋았다. 바로 일어서기 아쉬워 커피를 주문해 마셨다. 남편은 나의 커피타임을 위해 아이들을 데리고 강가로 내려가 백조를 구경했다. 덕분에 조용하고 외롭게 커피타임을 즐겼다. 가족도 좋지만, 혼자의 시간도 필요하다.

크로아티아에 와서 드는 의문점은 어느 식당에 가더라도 메뉴가 거의 같다는 점이다. 간판만 다를 뿐 어디에나 피자, 햄버거, 스파게티는 기본메뉴이고 구운 돼지고기, 송어구이, 참치 스테이크, 오징어구이나 오징어튀김이 있다. 해외에 있어 보니 우리나라만큼 음식에 이토록 진심인 나라가 흔치 않다.

　에어비앤비에서 체크아웃하기 전, 집 안 정리와 간단한 청소는 필수다. 내가 남기고 간 뒷모습이 내 국가의 이미지가 될 테니 아무래도 신경이 쓰인다. 아이들이 키친타월로 주방 가스레인지에 튄 기름을 정리하겠다 하길래 어디 한번 해보라 했더니, 처음 왔을 때처럼 반짝반짝 광이 나게 닦아놨다. 기특해서 끌어안고 통통한 볼살을 비볐다. 작별 인사를 하려고 마당으로 나왔다. 주인 할아버지 할머니께서 크로아티아어로 말씀하신다. 하나도 못 알아들었지만 아마 조심히 여행하라, 건강하라는 덕담이 아니었을까. 알아듣는 척하며 환하게 웃었다.

플리트비체 폭포

2023년 8월 21일 (일) 날씨 🌙

제5시간 걸은 날 🌙

오늘 플라트비체이 갔다. 정말 많
이 걸었다. 5시간 정도 걸었다. 거기
엔 호수와 폭포가 있었다. 물이 정말
깨끗했다. 물고기가 많았다. 정말 아름
답고 예뻤다. 하지만 5시간 걸어
서인지 정말 힘들고 아주 더웠
다. - 끝 -

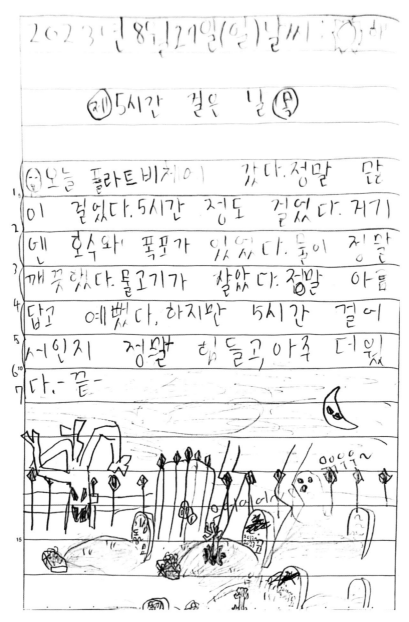

다섯시간 걷고 힘들어서 묘지에 묻힌 그림이라고 한다.

10.

에어비앤비 30% 할인받고 죄송한 후기

자다르, 스트리그라드, 해변 놀이터

해안을 따라 스트리그라드(Strigrad)로 이동했다. 바다에 딱 붙어 있는 위치에 다음 숙소가 있었다. 우리가 도착할 무렵 숙소 호스트와 연락이 되지 않았다. 보내준 주소로도 정확한 위치를 알 수 없어 자다르를 다녀왔다. 전화도 안 받고 연락도 안 되는 호스트라니. 바쁜 일이 있나 보다 하고 넘겼지만, 숙소의 첫인상이 별로였다.

자다르에 도착하니 날씨가 흐리고 바람이 세차게 불었다. 늘 잔잔하던 아드리아해에 높고 거친 파도가 쳤다. 방파제를 지나가면 부서진 파도 파편에 온몸이 다 젖었다. 얼굴에 뿌려지는 물방울에 찝찔한 바다 맛이 났다.

이런 날씨에 수영을 하는 사람도 있었다. 어찌나 불안한지 그 사람의 머리가 물속으로 잠겨 영영 떠오르지 않을까 봐 계속 지켜보았다. 그 장면을 보며 남편이 이런 날 자기도 수영을 해봐야겠다는 넋 나간 소리를 했다. 이 사람, 와이프 과부 만들려고 작정을 했나 싶어 흘겨봤다. 내 마음을 읽었는지 바다 오르간에서 피이유유유~ 휘이유유유~ 하면서 한숨 같은 휘파람 소리가 났다. 아이들도 바닥에 귀를 대고 소리에 집중했다. 높낮이가 다른 음들이 파도가 철썩거릴 때마다 리듬 있게 흘러나왔다. 참 특이한 발상을 건축물로 옮겨놓았다. 파도로 연주하는 오르간이라니, 창의적이지 않은가.

자다르 거센 바람에 파도가 방파제를 넘어왔다.

이번 에어비앤비 숙소는 신규로 등록되어 후기가 따로 없었지만, 바다 뷰에 반해 예약했다. 호스트로 등록된 사람은 실제 집주인이 아니라 집주인의 손자였다. 손자와 겨우 연락이 되어 숙소에 들어갔는데 예상치 못한 점이 하나 더 있었다. 입구가 분리되어 있기는 하지만 호스트와 생활공간 일부를 함께 사용한다는 점이었다. 우리 숙소의 방 한쪽 면은 전체가 문이어서 개방하면 테라스와 연결되었다. 이 테라스를 할머니와 공유하는 구조였고 할머니는 동네 친구들과 늘 테라스에서 이야기를 나누셨다. 그래도 여기까지는 괜찮았다. 창문은 닫으면 그만이니까 말이다.

한여름의 크로아티아는 몹시 더웠다. 에어컨 리모컨을 들고 조작하려 하자 할머니께서 크로아티아어로 말씀을 하시며 리모컨을 들고 가버리셨다. 양어깨를 으쓱하는 제스처로 봐서는 고장 났다고 하시는 듯했다. 당황스러우니 더 더워졌다. 아이들도 눈치를 보더니,

"엄마, 에어컨 안 된대?"

"일찍 틀면 전기세 많이 나오니까 싫어하시는 거야."

나름의 추측과 의견을 말했다. 에어비앤비에 호스트로 등록된 손자에게 에어컨 사용에 대해 문의하는 메시지를 남겼다.

'방이 덥습니다. 에어컨 사용 가능한가요?'

한 시간 뒤에 호스트로부터 답장이 도착했다.

'에어컨 고장 났습니다. 당장 수리할 수 없습니다. 미안합니다.'

허탈해졌다. 이래서 후기가 없는 숙소는 피했어야 했다. 그날 밤은 더웠다. 아이들뿐 아니라 나와 남편도 더위에 잠을 설쳤다.

전날 밤에 잠을 설쳐 고생한 우리는 에어비앤비 고객센터에 연락을 취

해 해결 방법이 없을지 물어보았다. 에어비앤비 고객센터 직원은 호스트와 게스트가 서로 주고받은 메시지를 확인할 수 있다. 고객센터에서 내가 선택할 수 있는 두 가지 방안을 제시해주었다. 1안은 오늘 하루는 무료 숙박으로 처리하고 체크아웃한 뒤 다른 숙소를 찾는 것이었다. 2안은 전체 숙박비의 30%를 할인받는 것이다. 우리는 2안을 선택했다. 숙소를 또 옮기기는 번거로웠기 때문이다. 다행히 오후부터 비가 내리고 태풍이 불어 기온이 떨어졌다. 열어둔 창문으로 시원한 바람이 들어와 숙면했다.

집주인 수잔 할머니는 에어컨이 작동하지 않는 게 미안했던지 우리에게 선물을 주고 싶어 했다. 러시아에서 샀다는 큰 골동품 주전자를 꺼내어 크로아티아어로 한참 기능을 설명하시는데, 짐을 줄여야 할 판이라 못 알아듣는 척을 했다. 미안해요, 할머니. 주전자는 진짜 필요한 사람에게 주세요.

에어컨이 작동되지 않는다는 점만 제외하면 환상적인 위치의 숙소였다. 2층 계단을 내려가 몇 걸음만 걸으면 바로 바닷가가 나왔다. 바위틈으로 제법 큰 게들이 몸을 낮춰 꼭꼭 숨어 있었다. 게를 잡아 라면에 넣어 끓여 먹을 거라는 원대한 포부를 품은 아이들이 출동했다. 나무젓가락과 손가락을 바위틈에 넣어 게를 잡아보려 애쓰며 놀았다.

해변을 따라 기념품 가게와 시장 좌판이 늘어서 있었다. 작고 귀여운 기념품들과 알록달록한 장난감을 구경했다. 젤라또 아이스크림을 하나씩 들고 평화로운 크로아티아의 분위기를 즐겼다. 하늘에 봉긋하게 오른 예쁜 무지개도 구경했다. 비가 오다 그치다 하는 날은 꼭 무지개를 만났다.

집에 돌아와 쉬려는데 노크 소리가 들렸다. 수잔 할머니께서 접시에 구

수잔 할머니께서 구워준 호떡 냄새가 나는 깨 빵이다.

운 빵을 소복이 담아 가져다주셨다. 고소한 기름 냄새가 꼭 호떡 냄새 같았다. 천천히 말하면 우리가 알아들을 수 있다고 생각하시는지 또박또박 느리게 크로아티아어로 말씀을 하셨다. 나는 여전히 못 알아들었다. 첫인상은 별로였지만, 에어컨 빼곤 전부 마음에 들었다. 할머니, 30% 할인받아서 죄송해요.

11.

엄마, 맛없는 게 아니라 써서 못 먹겠어

마리나

앉으면 일어나기 싫고, 누우면 앉기 싫은 법이다. 한번 침대 맛을 보니 더 이상 캠핑장으로 가기가 싫었다. 검색하다 가보고 싶은 장소가 있으면 그길로 근처 에어비앤비를 예약하고 숙소를 옮겼다. 자유로운 방랑자의 여행도 편하고 좋았다. 정해진 일정도 없고, 예약 시간 맞추려고 동동 구르지 않아도 되고 머물고 싶은 이유가 사라지면 떠나면 그만인 여행이었다. 크로아티아에서는 관광보다는 휴양에 집중했다. 여행 일정 중간이 넘어가니 쉬어 가는 시간이 필요하다고 생각했기 때문이다. 도보로 마을 산책이나 피크닉을 주로 하며 시간을 보냈다. 덕분에 아이들은 크로아티아에서 바다 수영을 실컷 했다.

특히 아이들이 크로아티아 바닷가를 좋아했던 이유가 있다. 바닷물 위에 설치된 수중 에어바운스 때문이다. 일종의 야외 키즈 카페였다. 트램펄린, 장애물 트랙, 미끄럼틀 등 놀이시설 규모가 컸다. 티켓 부스 직원에게 물어보니 1시간에 10유로를 내면 된다고 한다. 아이들은 빨리 가고 싶다며 재촉했다. 2인 비용을 지불하니 아이들 다리에 고무줄 같은 끈을 끼워주고, 나올 시간이 되면 확성기로 이름을 불러준다고 했다. 안전을 위해 부모 중 한 명이 동행할 수 있다 해서 남편이 함께 가기로 했다. 아이들은 시설물에 올라가자마자 뛰어다니며 이곳저곳을 탐험해 보았다. 안전요원은 따로 없었다. 근처에서 아이들 노는 모습을 지켜보았다. 보호자 자격으로 따라간 남편은 세상에서 제일 즐겁게 트램펄린을 타고 있었다. 저토록 눈부시게 환한 미소를 지을 수 있는 사람이었구나.

신나게 놀던 둘째가 오빠를 따라 언덕같이 생긴 장애물을 뛰어넘었다. 안전지대에 온몸으로 착지한 오빠랑 달리 둘째는 에어바운스 사이 공간에 머리부터 떨어지는 바람에 바닷물에 거꾸로 박혔다. 철렁하고 심장이 떨어졌다. 깜짝 놀라 허겁지겁 둘째에게 다가갔다. 바로 근처에서 수영을 즐기던 동네 사람들도 놀라서 둘째를 향해 다 함께 뛰어들었다. 자기 아이의 튜브를 끌어주던 동네 아저씨도 방향을 돌려 둘째 쪽으로 수영을 했다.

그 순간 둘째가 쑥대머리를 하고선 그 틈에서 쏙 빠져나오는 게 아닌가. 헝클어진 머리로 잠시 멈춰서서 찡그린 채 코를 몇 번 흥흥 풀어댔다. 별일 아니라는 듯 다시 놀기 시작하는 딸을 보고 사람들이 우리 부부와 딸을 번갈아 보며 웃었다. 안도감에 너털웃음이 났다. 서로 다른 국적이지만 한마음으로 아이를 걱정해 준 해변의 사람들이 고마웠다. 가슴을 쓸어내리며 바라보는 마음을 아는지 모르는지, 아이들은 크로아티아 아이들과 어울려 신나는 시간을 보냈다.

크로아티아 해변 에어바운스

해변을 따라 남쪽으로 내려가 마리나(Marina)라는 마을에 도착했다. 2층에 있는 숙소는 바다 전망이 끝내주는 곳이었다. 리모델링을 했는지 실내가 깔끔하고 새집 같았다. 무엇보다 세탁기가 있어서 기뻤다. 수잔 할머니 숙소에 세탁기가 없어서 빨래가 잔뜩 밀려 있었다. 오랜만에 빨래를 하고 볕이 잘 드는 테라스에 널었다. 맑은 하늘과 짙은 푸른색의 바다를 가로지르는 보트, 옹기종기 해변에 모여 있는 오렌지색 계열 건물 지붕들까지 아름다운 풍경이 빨랫줄에 함께 걸려 있었다.

저녁으로 토마토 파스타를 준비했다. 양파와 고기를 달달 볶고 동네 마트에서 구입한 소스를 부었다. 만드는 도중에 맛을 보았는데 윽! 이게 무슨 맛이람. 병 라벨에 써진 크로아티어를 읽을 줄 몰라 내용물 색깔만 보고 샀다. 어쩐지 살짝 주황빛이 돌더라니. 토마토소스가 아니라 아이바르(Ajvar) 양념이었다. 아이바르 양념은 파프리카와 삶은 가지, 후추가 주재료였다. 상상도 못 한 씁쓸한 맛이었다. 장난기가 발동했다. 일단 말없이 식탁에 올렸다. 다들 무슨 반응을 할까. 몰래카메라를 찍듯 짜릿하고 긴장이 되었다. 아이들이 '와, 맛있겠다!' 하며 식탁에 부리나케 앉았다. 듬뿍 떠서 한입을 먹더니 씹는 속도가 점점 느려졌다. 나를 제외한 나머지 세 명이 서로 의미심장하게 눈빛 교환을 했다. 나는 웃음을 겨우 참고 있었다. 첫째가 내 눈치를 보며 입을 열었다.

"엄마, 맛이 없는 게 아니라 좀 써. 쓰지만 않으면 먹을 텐데 써서 못 먹겠어. 맛없는 게 아니라."

쓴 게 맛없는 거지 뭐. 그래도 엄마 마음 상할까 봐 신경 써주는 게 고마웠다. 첫째가 총대를 멘 덕분에 남편과 둘째는 손쉽게 식탁을 떠났다. 4인분 파스타는 몽땅 쓰레기통 행이 되었다. 저녁도 외식해야겠다. 그래도 괜찮다. 빨래는 끝내주게 널었으니까!

숙소가 좋을수록 밖에 나가는 시간이 줄어든다는 것을 알게 되었다.

캠핑을 할 때는 아침만 대강 때우고 나가 저녁이 되어서야 돌아오곤 했는데, 숙소가 편안하니 드러누워서 휴대폰만 했다. 강제로 부지런해지는 캠핑 여행을 추천한다.

오렌지색 계열의 지붕이 예쁘다.

12.

파이어족 로마 황제가 스플리트에?

스플리트

　스플리트(Split) 해변에 열리는 재래시장으로 갔다. 올리브유와 신선한 과일들, 라벤더 향주머니, 수제 비누 등 언제나 시장 구경은 볼거리가 많아 즐겁다. 아이들이 걸음을 멈추고 빤히 바라보는 과일이 있었으니, 탐스럽게 잘 익은 라즈베리였다. 5유로라길래 조금 망설이니 4유로로 할인해 주셔서 냉큼 샀다. 다른 곳보다 양도 많고 싱싱했다. 싸우지 않도록 딱 반으로 나누어 주었다. 30초 만에 라즈베리는 아이들 입으로 사라졌다.

　카주니 해변(Kasjuni Beach)에서 해수욕을 즐기기로 했다. 스플리트 자체가 유명한 휴양지인데다가 이름난 해수욕장이라 사람들이 많았다. 겨우 주차장에 자리를 잡고, 소나무 가지가 멋지게 늘어진 돌멩이 해변에 돗자리를 깔았다. 크로아티아 청년들이 해변에 누워 삼삼오오 수영을 즐기거나 이야기를 나누고 있었다. 아이들이 같이 놀자고 물에 들어오라며 손짓했다. 짠 바닷물에 들어갔다가 나오면 찝찝하게 옷이 젖은 채로 다시 차에 타야 한다. 숙소에서 아이들을 먼저 씻기느라 젖은 채로 한참을 기다려야 한다. 이 일련의 과정을 생각하니 선뜻 물 안에 들어가기가 싫어졌다. 분명 어릴 때는 물놀이도 안 하고 지루하게 뭍을 지키는 친정엄마가 이해되지 않았는데 이제 내가 이렇게 재미없는 어른이 되어버리다니.

아이들 성화에 미지근해진 아드리아해에 몸을 담가 보았다. 온도가 딱 적당해서 오랜만에 물놀이를 했다. 몸을 물속에 푹 담갔다가 튜브도 타 봤다. 파도가 오면 점프해 보기도 하고 발이 닿는 가장 깊은 곳까지 가보기도 했다.

좀처럼 물속으로 들어오지 않는 엄마가 몸을 움직이자 아이들이 기뻐했다.

크로아티아의 여름은 뜨겁다. 해변을 따라 양쪽으로 큰 야자수가 드리워진 리바 거리(Split Riva)를 따라 걸었다. 아드리아해가 눈이 부시게 빛났다. 긴 잎사귀를 드리운 키 큰 야자수 덕분에 휴양지 느낌이 물씬 났다. 베네치아에서 구입한 하얀 챙의 모자에 원피스를 입은 둘째는 다 자란 숙녀 같았다. 사이좋은 남매는 손을 꼭 잡고 우리 부부를 앞서 걸어갔다.

우리가 향하는 곳은 스플리트의 구시가지였다. 스플리트 하면 디오클레티아누스 로마 황제 이야기를 안 할 수 없다. 스플리트 근방에서 태어나 하층민 출신으로 로마 황제 자리에 오른 인물이었다. 돌연 스스로 은퇴를 선언하고 스플리트에 개인 황궁을 지어 채소밭을 가꾸며 살았다고 한다. 로마 역사에 황제의 생전 자진 퇴위란 디오클레티아누스가 유일무이하다. 제위에 복귀해 달라는 부탁에 그는 "내 손으로 직접 심은 양배추를 보여 줄 수 있다면, 권력을 추구하는 데서 행복을 찾는 짓을 단념할 텐데."

스플리트 거리 야자수가 드리워진 리바 거리를 걷는다.

라고 말했다고 전해진다. 디오클레티아누스는 중세의 귀농 파이어족이다.

로마 황제의 궁전이었던 곳은 현재 일반 사람들이 삶의 터전을 꾸리고 장사도 하는 생활공간으로 바뀌었다. 궁전은 1,700년이라는 시간의 태엽이 돌아가는 동안 스플리트가 변화하는 모습을 관망하고 있었다.

저녁의 스플리트 구시가지

해가 떨어졌는데도 아직 길거리에 후끈한 기운이 남았다. 나로드니 광장(Narodni)에 즐비한 카페에 앉아 광장의 분위기를 즐기기로 했다. 크로아티아 사람들이 많이 마시는 레몬 맛의 달콤한 맥주를 주문했다. 아이들은 레모네이드를 마셨다. 옆 테이블 사람들이 나누는 대화와 음악 소리, 그릇이 부딪치는 소리가 섞여 리드미컬한 소음이 만들어진다. 내가 주문한 레몬 맥주는 청량하게 톡 쏘는 맛이었다. 더위를 쫓기 그만이었다.

밤의 스플리트는 딱 레몬 맥주 맛이었다. 활기차고 아름답고 달콤했다. 광장에 나와 있는 사람들은 모두 행복해 보이고, 벽돌집 사이로 예쁜 조명들이 환하게 켜져 운치를 더했다. 성당 근처에서 거리공연을 하는 악단이 연주하는 곡도 잘 어울렸다.

소란스러운 광장 위로 짙은 남색 하늘이 차분하게 깔렸다. 뜨거운 태양 아래에서 만난 스플리트와 밤의 스플리트는 전혀 다른 공간이었다. 유럽에서 마음에 드는 장소가 있다면 낮에 한 번, 해 질 녘에 한 번, 두 번 가보자.

13.

부부싸움은 칼로 수박 베기

오미스, 스플리트 항구

 스플리트 근교 오미스(Omis)를 방문했다. 세티나 강 근처에서 피크닉을 하기 위해서였다. 차가운 수온 덕분인지 계곡 근처는 한여름 같지 않게 시원했다.

 우리 부부는 나무 그늘에서 간식을 먹고 아이들은 나뭇가지를 엮어 뗏목을 만들었다. 아이들이 좋아하는 놀이는 나뭇잎으로 돛단배를 만들어 물에 가라앉지 않고 얼마나 이동하는지를 살펴보는 것이었다. 나뭇잎 배들은 작은 폭포를 만나면 여지없이 부서져 가라앉고 말았다. 그러면 남매가 머리를 맞대어 다른 방법으로 배를 만들어 다시 도전하곤 했다.

 어릴 적 나는 논과 밭을 뒹굴며 자랐다. 자연 속에는 늘 놀잇감이 가득했다. 빨래터라고 불렀던 개울가는 봄이 되면 부화한 올챙이들로 새까맣게 바닥이 안 보일 지경이었다. 길가에서 주운 카메라 필름 통으로 개울물을 퍼 올리면 작은 올챙이들이 한두 마리 쉽게 잡혔다. 잡초의 굵은 뿌리가 산삼이라며 조심조심 캐서 보물창고에 넣어 둔다든지, 비 온 뒤 논에 청개구리를 잡으러 갔다가 논 주인 할아버지한테 잡혀 꾸지람 들으며 눈물을 쏟곤 했었다.

우리 아이들은 자연과 점점 멀어지는 환경 속에서 살아가기 때문에 나와 같은 경험을 하기 힘들다. 흙보다는 시멘트가 더 가까이 있다. 내가 유년 시절에 노닐던 빨래터와 개구리 잡던 논, 밭은 갈아엎어지고 아파트단지가 들어섰다. 미세먼지 때문에 편히 숨 쉴 공기에 대해서도 걱정해야 하는 시대에 살고 있으니 안타까울 따름이다.

대형 페리를 타고 이탈리아 앙코나(Ancona)로 갈 예정이었다. 이 페리에 우리의 자동차도 싣고 이동했다. 시간을 절약하기 위해 저녁에 출발해서 아침에 도착하는 배편을 예매해 두었다.

크로아티아를 떠나기 전에 가격도 싸고 맛도 좋은 크로아티아 수박을 사 먹기로 했다. 항구 근처 가판대에 네 등분으로 조각낸 수박을 팔고 있었다. 단내에 이끌린 벌들이 수박에 달라붙어 있었다. 빨간 속살이 먹음직스러워 보였다. 수박 한 조각을 달라고 했더니 10유로를 불렀다. 분명 마트에서 수박 통째로 7유로를 주고 샀는데 바가지가 확실했다. 근방에 마트는 없었고 아이들이 수박이 먹고 싶다며 조르는 통에 10유로를 내고 구입했다.

안 그래도 비싼 값에 수박을 사서 속이 쓰린데 둘째가 자동차에서 수박 봉지를 베개 삼아 누워 버리는 바람에 수박이 뭉개져 버렸다.

그렇게 사달라고 조르더니! 가슴속 깊은 곳에서 분노가 벅차올랐다.

하필 남편이 이 타이밍에 외국에서 호구 되었다며 한마디 거들었다. 기분이 팍 상했다.

"먹고 싶어서 샀다! 왜!"

내가 쏘아붙인 한마디로 차 안의 공기가 싸늘하게 식었다. 적막해진 상태로 달리던 자동차는 스플리트 항구 자동차 대기열에 멈춰 섰다. 앙코나로 향하는 선박 2척이 동시에 출발하는 관계로 기다리는 곳이 복잡하게 얽혀 있었다. 안내원이 안내해 주는 대로 선박 내부에 차례로 주차를 하면 되었다.

우리에게 배정된 4인용 선실로 들어갔다. 서먹한 분위기를 깬 것은 아이들이었다. 남매는 봉지에서 뭉개진 수박을 꺼내 들고 엄마 달래기 퍼포먼스를 했다.

"와! 진짜 맛있다!"

"엄마, 먹어봐. 사길 잘했지?"

하며 과장이 조금 섞인 말투로 열심히 수박을 먹어 보이는 아이들이었다. 누가 아이고 누가 부모인지 모르겠다. 피식 웃음이 나왔다. 아이들 없는 세상은 이제 상상할 수 없다.

스플리트의 야경을 구경하러 나온 사람들로 갑판이 북적였다. 선실을 예약하지 않은 젊은 청년들은 레스토랑 소파나 사람들이 잘 다니지 않는 복도를 선점해서 침낭을 펼쳐두었다. 젊을 때는 건강한 몸이 재산이다.

앙코나로 향하는 배에서 바라본 저녁의 스플리트

조명이 켜지기 시작한 스플리트의 아름다움에 작별 인사하기 아쉬웠다. 배가 천천히 움직이면서 도시는 서서히 작아졌다. 아이들은 갑판에서서 한참 스플리트를 바라보았다. 캠핑을 잠시 쉬어 간 휴양의 나라, 여유와 낭만의 나라, 크로아티아, 안녕.

5장

우리는 지금
이탈리아,
때때로 텐트 속

1.

다시 펼친 텐트

이탈리아, 로마

새벽 다섯 시부터 시끄러운 선내 방송으로 잠이 깼다. 일곱 시에 방 안에 있는 모든 짐을 정리하고 선실 밖 로비에 모이라는 방송이다. 십분 간격으로 방송을 하며 아직 뒤척이는 게스트들을 친절한 말투로 사정없이 깨웠다. 잠이 덜 깬 아이들을 챙겨 로비로 나왔다. 이미 배는 항구에 정박해 있었다.

이탈리아에 온 뒤로 운전하며 ZTL 내부로 들어가지 않도록 조심했다. 그래서 ZTL을 구분하여 길 안내를 해주는 Waze라는 내비게이션 앱을 사용했다. ZTL은 Zona Traffico Limitato의 앞 글자를 딴 약자로 교통제한구역이란 뜻이다. 이탈리아 지역 내의 문화재 보호와 지역주민들의 편의를 위해 만들어진 제도이다. 허가받은 자동차들을 제외하고 ZTL에 들어갔다가 CCTV에 찍히면 벌금 딱지가 날아온다고 했다. 주차는 당연히 안 되고 ZTL을 지나가도 단속 대상이 되므로 빙 둘러 가야 했다.

이탈리아 앙코나 항구에서 로마로 바로 달렸다. 배에서 잠을 잘 자지 못해 피곤해하는 남편 대신 내가 운전대를 잡았다. 로마로 향하는 한산한 도로를 따라 운전했다. 아이들이 런던에서 보았던 〈레 미제라블〉과 〈마틸다〉 뮤지컬 OST를 틀었다. 남매는 노래의 아는 부분이나 클라이맥스가 나오면 신나서 큰 소리로 따라 부르더니 한 시간 남짓 지나자 조용해졌다. 남편도 코를 골며 깊이 잠들었다.

슬그머니 선글라스를 꺼내 쓰고 템포가 빠른 팝송을 틀었다. 나만의 시간이 돌아왔다. 상상을 시작해볼까. 누구도 의심 못 할 가족 여행객으로 분장한 스파이! 국가기밀이 유출된 칩을 찾으러 로마로 향하는 국제 스파이가 되어보기로 했다. 내 앞에 달리고 있는 자동차를 미행하는 설정을 해보았다. 칩을 들고 도망가는 사람치고는 느리게 운전하는 자동차였다. 그렇다면 흔들리면 폭발하는 신개발 무기를 싣고 있다고 설정을 바꾸면 된다. 예전에 줄곧 떠올린 상상 속의 나는 007 본드걸처럼 섹시한 여주인공이었다. 요즘엔 2015년에 개봉한 코믹액션 영화 〈스파이〉에 등장하는 멜리사 맥카시로 자꾸 겹쳐 떠오른다. 상상에도 나이 제한이 있나 보다.

한동안 쉬었던 캠핑을 다시 시작할 참이라 수영장이 있으면서 평점 좋은 캠핑장(hu Roma camping in town)으로 향했다. 역시 성수기인가 보다. 풀 북이라고 한다. 한 달 전만 해도 캠핑장이 예약이 가득하다 하면 당황해서 어쩔 줄 몰랐겠지만 이제는 도가 텄다. 널린 곳이 캠핑장이니까 걱정 안 해도 된다. 차선책으로 봐둔 캠핑장에 미리 전화해보니 자리가 있다고 했다. 해피빌리지(Happy Village e Camping Roma) 캠핑장이라는 이름에 우리의 운을 점쳐보기로 했다. 낮은 평점 때문에 걱정했건만 대반전이 기다리고 있을 줄 몰랐다.

로마 근교의 캠핑장 야외수영장이 더운 로마의 열기를 식혀준다.

리셉션 입구에서 팔을 깁스한 영국 여자를 만났다. 이곳에 잘 왔다며 본인은 신혼여행 중인데 로마와 가깝고 조용한 장소라며 처음 보는 나를 붙잡고 오랫동안 설명을 해줬다. 특히 수영장은 그녀 말로는 '앱솔루틀리

골져스(Absolutely gorgeous)' 하다더니 과연 그녀의 말대로 깨끗하고 운치가 있었다.

캠핑장은 산속에 위치해 조용하고 사람이 적은 데다 자유롭게 장소를 선택해서 텐트 피칭이 가능했다. 절수 버튼형 샤워기가 아니라 레버를 올리면 온수가 콸콸 나오는 옛날 스타일의 샤워기까지 마음에 쏙 드는 캠핑장이었다. 하루 45유로로 가격도 착했다. 오히려 좋다며 호들갑을 떨었다.

경험상 화장실과 개수대가 가까운 곳이 명당이므로 그 근처 나무 아래 텐트를 피칭했다. 오랜만에 펼치는 텐트지만 익숙하게 피칭했다. 아이들은 에어 매트리스에 바람을 채워 넣고 침낭을 깔았다. 먼저 머물고 있던 캠퍼 밴 주인들이 먼저 눈인사를 건네었다. 눈이 마주치면 웃음으로 화답해주는 유럽인들의 상냥한 문화가 좋았다.

리들(Lidl)에서 구입한 음식 재료로 스테이크와 채소 구이를 만들어 배를 채운 뒤 수영장에 뛰어들었다. 선박에서의 선잠과 긴 운전으로 피곤했던 몸이 상쾌해지는 기분이었다. 남편과 나는 수영하고 젖은 몸을 햇볕에 말리며 차량 냉장고에서 꺼낸 시원한 캔맥주를 들이켰다. 크게 한 모금 마신 맥주가 시원하게 넘어가며 고소하고 짜르르한 끝맛을 남겼다. 선베드에 누워 아이들이 오가는 모습과 야자수가 드리워진 수영장 너머의 숲과 하늘을 바라보니 나른해졌다. 아이들은 수영장 물에 빠져 버둥거리는 개미들을 구출하는 놀이를 시작했다. 오랜만에 맛보는 캠핑장의 평화로운 오후였다.

2.

줄 섰다! 우리! 두 시간!

포로로마노, 콜로세움

아침 햇살을 보니 강한 더위가 예상되었다. 가방에 물을 넉넉히 넣고, 아이들이 지칠 때 앉아 쉴 수 있도록 낚시용 간이의자도 2개 챙겼다. 로마에 왔으니 콜로세움(Colosseo)과 포로 로마노(Foro Romano)는 필수 코스이다.

콜로세움 매표소 앞으로 길고 긴 줄이 형성되어 있었다. 우리도 얼른 대기열에 합류했다. 아이들은 낚시 의자를 펼쳐 내 뒤에 앉아 유튜브를 보다가 줄이 줄어들면 엉덩이만 들어 달칵달칵 의자를 앞으로 당겨 앉았다. 대기시간이 한 시간이 넘도록 뜨거운 태양 아래 서 있으려니 고역이었다. 그나마 낚시 의자가 효자 노릇을 톡톡히 했다. 안 그랬으면 아이들이 힘들다고 징징거렸을 테니까 말이다. 미리 입장권을 예매해 두는 것을 추천한다.

이제 줄이 반 이상 줄어가고 있었는데 갑자기 외국인 부부가 유창한 영어로 "너 지금 줄 서 있는 거니?"

하며 말을 걸어왔다.

"응. 나 지금 줄 서 있는 거야."

하고 대답했더니,

"정말 덥다, 그렇지 않니?"

하면서 줄 중간으로 은근히 끼어들었다. 잠시만요, 다들 이 땡볕에서 두 시간째 기다리고 있는데, 양심 어디 두고 오셨어요. 이런 당혹스러운 상황에 똑똑하고 대차게 영어로 내 의견을 피력하고 싶건만 짧은 영어가 아쉬웠다.

"어, 음, 줄은 저쪽. 멀리."

이렇게 서투르게 단어를 버벅 나열했다. 분명히 이 정도로 영어를 못하진 않았는데 마음만 급하고 머릿속 번역기 작동은 더뎠다.

내 앞에 서 있던 스페인 아가씨가 나를 보더니,

"저 사람들 끼어든 거지?"

하고 물어보았다.

"응. 맞아."

대답했더니 외국인 부부에게 불호령을 내리는 그녀다.

"이봐! 줄은 저 뒤쪽이야!"

나도 억울하게 가만히 있을 수 없었다.

"줄 섰다! 우리! 두 시간!"

이라며 큰소리로 힘을 보탰다. 이쯤 되면 후퇴할 줄 알았는데 두 부부가 어깨를 으쓱하더니 못 들은 척했다. 세상은 넓고 이상한 사람은 어디에나 있다. 스페인 아가씨는 한숨을 쉬며 나만 들으라는 듯 목소리를 낮

게 깔고

"저 사람들 바보야. 상대할 가치도 없어."

하더니 웃었다. 그녀의 귓바퀴에 박힌 핑크색 피어싱이 같이 반짝 빛났다. 나는 힘든 상황을 함께 해서인지 이 매력적인 스페인 아가씨에게서 동지애를 느꼈다. 지금 생각해 보니 함께 사진이라도 찍을 걸 후회된다. 매표소에서 표를 사며 작별 인사를 나누었던 게 마지막 기억이다.

밤에 다시 와 본 콜로세움

오랜 기다림 끝에 드디어 콜로세움에 입성했다. 아이들은 우리나라가 통일신라에 접어들었을 무렵 건설된 거대한 건축물이 신기하다고 했다.

영화 〈글래디에이터〉에 나오듯 검투사 간, 혹은 검투사와 동물 간의 대결도 했지만, 기린, 코뿔소, 물개 등 진귀한 동물들이 행진하는 사파리 쇼도 했다고 한다. 뜨거운 햇살로부터 관객들을 보호하기 위해 콜로세움 원형 돔 천장에 그늘막을 설치했다는 부분에서 발달한 로마제국의 건축 기술을 엿볼 수 있었다.

계단을 통해 2층으로 올라가 천년 전 수만 명의 로마인을 열광하게 했을 무대를 상상해 보았다. 8만의 관중들이 객석에 앉아 주인공을 기다리고, 콜로세움 장내는 함성으로 가득 차 있다. 연승 무패를 기록한 인기 있는 검투사가 수동 에스컬레이터를 통해 지하에서 경기장으로 멋지게 등장한다. 사람들은 꽃을 던지기도 하고 박수를 치며 주인공의 등장에 환호한다. 검투사가 손질해 둔 무기를 꺼내 들고 긴장을 푸느라 심호흡 하는 모습을 그려보았다.

경기장에서 뜨겁고 마른 바람이 훅 불어왔다. 마치 로마 검투사들의 환희와 절망의 숨결처럼 느껴졌다. 곳곳이 무너진 콜로세움은 과거, 늘 화제의 중심이었던 뜨거운 영광을 그리워하고 있을까.

다음으로 향할 곳은 카이사르가 살해당하고, 콘스탄티누스 대제가 거닐던 곳, 로마인들의 정치와 경제의 중심지인 포로 로마노(Foro Romano)였다. 로마의 광장이라는 뜻의 포로 로마노는 팔라티노 언덕과 캄피돌리오 언덕 사이에 위치한 로마제국 시대의 전성기를 알려주는 주요 유적지다. 많은 사람이 모여 시장을 형성하고 토가를 입은 로마 정치인들이 연설하기도 하며 활기찬 중심지의 역할을 했던 곳이다.

복원 중인 포로 로마노

그러나 로마제국이 멸망하면서 침략과 약탈로 건물의 상당 부분 소실되었다. 대성당을 짓거나 르네상스 건축물의 재료로 석재들을 떼어가면서 몰락해버린 제국처럼 폐허가 되고 말았다. 허공에 우뚝 솟은 카스토르와 폴루스 신전(Tempio dei Dioscuri) 기둥 일부와 복원 중인 무너진 건물들의 형상이 마치 전쟁 후 골격만 남은 모습이다. 과거 "모든 길은 로마로 통한다."라는 말이 있을 정도로 세계의 중심에서 호령하던 고대도시의 쇠락이 먼 변방의 땅에서 온 나에게조차 안타까움을 자아내게 한다.

아이들의 관심사는 단연 카이사르(Caesar)가 암살당한 뒤 화장을 했다는 공간이었다. 바로 여기, 우리가 서 있는 곳에서 카이사르는 한 줌의 재가 되고, 피가 묻은 카이사르의 옷을 든 안토니우스(Anthony)가 연설로 군중들의 마음을 움직인 역사적인 사건이 일어났다.

아이들은 제대로 역사체험을 했다. 첫째는 역사만화에서 접하던 로마제국을 두 눈으로 살펴보고 둘째 딸은 그리스 · 로마 신화에 등장하는 신들을 모시는 신전이 있음을 직접 확인했다. 부모의 마음 같아선 더 열렬한 반응을 기대했지만 뜨거운 여름의 로마는 금방 지치는 곳이었다.

숙소로 돌아와서 아이들이 적은 일기를 보니 콜로세움이 인상 깊었던 모양이다. 피곤했던지 삐뚤빼뚤한 글씨로 콜로세움에 대해 한가득 적어두었다. 땡볕에 다녀온 보람이 있었다.

3.

한국인이 가장 부지런하다

바티칸

세상에서 가장 작은 나라, 바티칸으로 향했다.

아침 여섯 시부터 일어나서 분주하게 준비했다. 바티칸 박물관(Musei Vaticani) 입장권을 미리 예매 안 해 둔 관계로 첫 오픈 타임에 맞춰 미리 줄을 서기 위해서였다. 숏 팬츠나 민소매는 바티칸에 입장 허용이 안 되므로 무릎까지 오는 반바지에 반소매 티셔츠를 챙겨 입었다. 일곱 시 반쯤 도착했는데 벌써 앞에 줄이 한가득했다. 오픈 시간은 9시인데 말이다. 가까이에서 보니 모두 한국인 그룹투어였다. 역시 부지런한 한국인이다.

먼저 기다리고 있던 그룹투어의 가이드는 한 시간 반 내내 바티칸과 로마의 역사를 읊고 있었다. 가이드 투어 가격이 비싼 데는 다 이유가 있었다.

우리는 가이드 투어 대신 이번에도 가이드 앱을 이용했다. 특히 아들이 천천히 작품을 보며 설명을 들을 수 있어서 좋아했다. 앱에서 안내해 주는 대로 바티칸 박물관을 먼저 돌아보고, 성 시스티나 소성당, 성 베드로 성당의 순서로 관람하기로 했다.

바티칸 박물관에는 역대 교황들이 수 세기에 걸쳐 수집한 걸작들이 전시되어 있었다. 가장 인상 깊었던 작품은 〈아테나 학당(Scuola di Atene)〉이었다. 르네상스 시대라면 빼놓을 수 없는 라파엘로가 교황 율리오 2세의 주문으로 무려 27세에 완성한 프레스코화다. 프레스코화란 벽의 회반죽이 다 마르기 전 그림을 그리는 벽화의 기법이다. 누구나 한 번쯤은 이름 들었을 아리스토텔레스, 소크라테스, 플라톤 등 고대의 대학자들을 한데 모아 그려 넣은 일종의 상상화이다. 그림에 등장하는 학자들이 태어나서 활동하던 시대와 배경이 서로 달라 실제 이렇게 한곳에 있을 수가 없기 때문이다.

그림 속 인물들의 동작만 봐도 누구를 나타냈는지 알아차릴 수 있도록 그려 놓았다. 라파엘로의 남다른 관찰력과 표현력을 엿볼 수 있었다. 화가 본인의 모습도 그림에 넣어 두었는데 숨은 그림 찾듯이 그림을 살펴보느라 아이들이 즐거워했다.

성 시스티나 소성당(Cappella Sistina)으로 가는 방법은 어렵지 않았다. 많은 사람이 가는 방향으로 함께 향하면 된다. 얼마나 사람이 많은지 아이들 손을 꽉 잡고 이동했다. 해바라기처럼 가만히 서서 천장을 바라보는 사람들이 가득한 공간에 도착했다. 영화나 광고, 포스터에서 수없이 패러디되곤 했던 미켈란젤로의 〈천지창조〉가 바로 내 머리 위 천장에 있었다.

바티칸 박물관 입장권에 아테네 학당 그림 일부가 인쇄되어 있다.

잠시 고개를 꺾어 그림을 감상하는 데만도 금방 목과 어깨가 걸리는데 이 작품을 4년에 걸쳐 고개를 젖히고 사다리 같은 시설 위에 누워 그림을 그린 미켈란젤로는 끈기에서도 위인이었던 모양이다. 성당 천장을 가득 채운 작품의 스케일에 한동안 말을 잇지 못했다. 미켈란젤로가 표현하고자 하는 종교의 성스러움과 신의 위대함이 저절로 전해져왔다. 모두 이동할 생각은 안 하고 역사적인 거장의 작품을 들여다보느라 넋을 놓고 있으니 직원들이 '통로를 비워주세요, 이동하세요, 정숙하세요.' 하고 안내를 하느라 바빴다.

인체의 비율과 근육의 움직임을 잘 표현한 미켈란젤로의 작품 속 인물들은 남녀노소를 불문하고 하나같이 아름다운 근육질의 몸을 가지고 있었다. 가장 작은 나라에서 만난 거장들의 작품들은 하나 같이 인상적이었다.

둘째는 지루하고 지쳤는지 연신 하품을 한다. 규모가 컸던 바티칸 박물관에 이어 시스티나 성당까지 돌아봤더니 세 시간이 훌쩍 지나 있었다.

세계에서 가장 크다는 성 베드로 성당까지 보기엔 무리였다. 성 베드로 광장에서 분수까지 걸어가는데 더위로 목마르고 지쳐버렸다. 게다가 성당에 들어가는 줄이 끝이 안 보일 정도로 길었다. 그늘 하나 없는 땡볕에서 대기하다 보면 하얗게 재가 돼버릴 것 같았다. 우리는 성 베드로 광장만 둘러보고 돌아섰다.

바티칸 박물관 나선형 계단

4.

20억짜리 돼지 저금통

트레비분수, 스페인광장

숙소에 도착하자마자 시원한 수영장에 몸을 담갔다. 선베드에 누워 낮잠도 자고 휴식을 취한 뒤 남아 있는 식재료로 한 끼를 해결하기로 했다. 그러고 보니 전날에 샀던 바게트가 딱딱해져서 버려야 될 판이다. 내가 사자고 해놓고선 사둔 걸 깜빡했다. 입도 못 댔는데 아까워서 반을 쪼개 보았다. 속은 아직 말랑했다.

자, 상상력을 발휘해보자. 좀비 바이러스로 인류가 몇 남지 않은 설정을 했다. 나는 안전한 터전을 찾아 유랑 중인 주인공이다. 산열매를 따 먹으며 연명하던 중 우연히 입구가 파손된 마트를 발견한다. 진열대는 이미 약탈로 텅 비어 있었다. 혹시 몰라 엎드려 아래를 살펴보니 운 좋게도 진열대 아래 손닿지 않는 곳에 떨어진 무언가를 발견한다. 그것을 꺼내 보려고 긴 막대기를 집어 들다가 소음을 만들어 좀비 몇몇이 달려들고, 나는 겨우 그들을 물리치고 원하던 물건을 꺼냈다. 딱딱하게 굳었지만 상하지 않은 바게트다! 몇 개월 만에 맡는 빵 냄새인지. 그 누구의 방

해도 받지 않을 만한 장소를 찾아서 콘크리트에 몸을 기대고 빵을 쪼갰
다. 그리고 입에 가져갔다. 여기까지 상상을 하면서 우물우물 바게트를
씹어보니 먹을 만한 정도가 아니라 제법 맛있었다. 내가 마음먹은 대로
상상하면 내가 원하는 결과가 나온다. 상상과 함께 살면 인생은 훨씬 재
밌어진다.

여름 낮이 긴 유럽에서는 어두워지려면 한참 기다려야 했다. 해가 뉘
엿뉘엿 땅 가까이 내려올 때까지 충분히 쉬었다. 로마 시내를 둘러보기
위해 다시 차에 올랐다.

모양도 예쁘고 맛도 훌륭한 젤라또

건물과 도로를 뜨겁게 달구던
낮과 달리 밤이 되자 선선한 바
람이 불어 걸어 다니기 딱 좋았
다. 입이 심심하던 차에 로마의
3대 젤라또 중에 하나라는 벤치
(Venchi)를 지나치게 되었다. 역
시 소문난 곳은 다 이유가 있는
법이다. 모양도 예쁘고 맛도 좋
은 아이스크림을 사이좋게 핥으
며 〈로마의 휴일〉에 등장한 세계적으로 유명한 트레비 분수(Fon-tana
di Trevi)로 향했다.

이탈리아 경찰차가 근처에 주차되어 있고 여경들이 관광지를 순찰하

는 듯했다. 우리가 아이스크림을 먹으며 근처로 가자, "트레비 분수에 음식물을 들고 가까이 갈 수 없어요." 하고 안내해 준다. 쓰레기통에 먹다 남은 음식물들이 가득 쌓여 있는 이유를 알 수 있었다. 얼마 남지 않은 아이스크림의 잔해를 한입에 처리하고, 트레비 분수로 내려갔다.

분수대 중앙에 우람하게 선 대양의 신 오케아노스가 보인다. 오케아노스는 대지의 여신 가이아와 하늘의 신 우라노스 사이에서 태어나 바다라는 뜻의 'ocean'의 유래가 되었다. 그의 양옆으로 금방이라도 분수대를 차고 물을 튀기며 뛰어오를 듯한 해마와 바다의 신 트리톤이 자리하고 있다.

반인 반어인 트리톤과 반마 반어인 해마의 역동적인 모습을 자세히 들여다보면 과거부터 인간의 상상력이 얼마나 뛰어난지 알 수 있다. 본 적도 없는 신화 속의 존재를 조각으로 빚어냈다. 그 상상력과 창의력이 현대로 이어져, 넷플릭스나 웹툰의 흥미진진한 스토리텔링으로 재탄생 되는 것 아닐까.

우리 아이들은 구석에 앉아서 물속을 바라보느라 정신이 없었다. 자본주의 키즈라 그런지 분수대 안에 한가득 떨어져 있는 동전을 구경한다고 바빴다. 트레비분수를 등지고 동전을 던지면 다시 한 번 이곳에 올 수 있고, 두 번째로 던지면 사랑이 이루어진다는 속설이 퍼진 이후로 관광객들이 동전을 던지기 시작했다고 한다.

트레비 분수에서 2023년에만 약 20억의 동전을 회수했다고 하니, 로마로서는 돈이 절로 굴러 들어오는 돼지 저금통인 셈이다. 이 동전들은 카톨릭 자선단체에 기부되어 어려운 이웃을 돕는 데 사용되고 있다고 한다. 트레비분수를 방문한 사람들은 작은 염원을 담아 동전을 던지며 의미 있는 추억을 남기고, 로마의 어려운 이웃도 돕고 서로에게 원원인 셈이다.

스페인 대사관이 있는 스페인광장과 트리니타 데이 몬티 성당(Trinità dei Monti)을 이어주는 스페인 계단에 들렀다. 오드리 헵번이 〈로마의 휴일〉 영화 속 젤라또를 먹은 장소로 유명하다. 문화재 보호 차원으로 이제 더 이상 음식을 먹거나 계단에 앉아 쉴 수 없도록 경찰들이 지키고 있었다. 성당 건물 앞의 담장에서 아래로 내려다보이는 로마의 야경을 감상했다. 북적이던 트레비 분수보다 훨씬 한적해서 조용히 생각에 잠길 수 있다.

남편과 함께 담벼락에 기대어 조명이 켜진 로마 야경을 보고 있으니 아들이 휴대폰을 달라고 했다. 뭐하나 싶었는데 우리 부부의 뒷모습을 찍어주었다. 아이들을 담아내느라 부부 사진이 잘 없었는데 첫째가 찍어줘서 간직할 수 있게 되었다. 우리 아들 다 컸네!

5.

위치도 전망도 시설도 환상

토스카나 바디아차 캠핑장

    로마 관광의 거점이었던 해피빌리지 캠핑장을 떠날 때가 왔다. 토스카나지방(Toscana)을 둘러보기 위해 아레초 근방으로 이동할 예정이었다. 내 마음에 쏙 들던 캠핑장을 떠나려니 아쉬웠다.

    아레초(Arezzo) 근처 트라시메노 호수(Lago Trasimeno) 인근 캠핑장으로 가보기로 했다. 3박을 하며 아시시(Assisi), 몬테풀치아노(Montepulciano), 막시무스의 집 등 토스카나 지방을 둘러볼 생각이었다. 출발하는 길에 언제나 그렇듯이 리들(Lidl)에 들러 장을 봤다. 아이들이 스테이크 대신 생선을 먹자고 졸랐다. 싱싱해 보이는 생선과 스파게티 재료, 맥주, 탄산음료, 젤리, 자두와 납작 복숭아를 샀다.

    북쪽으로 두 시간을 달려서 도착한 바디아차 캠핑장(Badiaccia Camping Village)은 기대보다 아름다웠다. 나무 그늘이 시원하게 드리워져 있고 호수 뷰가 보이는 장소를 선택해서 텐트를 올리기 시작했다.

이번에는 아들이 아빠와 함께 둘이서만 텐트를 쳐보겠다며 엄마는 쉬라고 했다. 둘째와 나는 테이블과 의자를 펼치고 차에서 짐을 내려 정리했다. 텐트 폴대를 끼우는 아들의 뒷모습이 제법 듬직해 보였다. 머지않아 시원섭섭한 육아 해방의 날이 오리라.

트라시메노 호수 캠핑장

로마 해피빌리지 캠핑장을 떠날 때 아쉬웠던 마음이 쏙 들어갔다. 구남친은 잊고 연애를 시작하듯 새로 온 캠핑장의 매력을 탐구했다.

바다처럼 드넓은 트라시메노 호수를 보면 가슴이 탁 트였다. 텐트 바로 앞에 어린이 수영장이 있어 아이들이 노는 모습을 바라보기 좋았다. 수영장 우측으로 개수대가 있고, 좌측에는 바비큐장이 있었다. 아침에 갓 구운 크루아상과 진한 카푸치노를 판매하는 레스토랑과 작은 마트도 있었다. 위치도 환상, 전망도 환상, 편의시설도 환상인 캠핑장이었다.

점심으로 마트에서 구매한 생선을 노릇하게 구웠다. 오랜만에 맡아보는 생선구이 냄새에 아이들이 당장 밥을 내놓으라며 성화였다. 기름에 바싹하게 구워진 생선 살 한 점을 흰쌀밥에 야무지게 올려 양 볼 가득 집어넣었다. 아이들 먹는 속도에 맞춰 생선 뼈를 발라주느라 우리 부부는 한참 뒤에야 식사를 시작했다. 남매는 마지막 남은 밥알을 입속에 털어넣기 무섭게 수영복으로 갈아입고 어린이 수영장으로 뛰어들었다. 노란색 곱슬머리에 배가 볼록 나온 꼬마들과 어울려서 물놀이하기 시작했다. 자유를 얻은 우리 부부는 호수를 바라보며 파라솔 그늘에 배부르고 나른한 몸을 뉘었다. 트라시메노 호수 중앙에 거대한 에어컨이라도 있는지 시원한 바람이 끝도 없이 불어왔다. 캠핑장에서 평화로운 한낮을 보내고 일몰을 감상하기 위해 아시시로 향했다.

언덕에 위치하여 아시시의 전망을 바라볼 수 있다는 중세시대의 요새 성곽, 로카 마조레(Rocca Maggiore)로 올랐다. 늦은 시간이라 단체관광객이 없어서 그런지 요새 성곽은 조용하고 한적했다. 성곽에서 내려다보이는 회백색의 아시시와 푸르른 토스카나 평원은 고요하고 잔잔한 감동을 주었다. 해가 낮게 타오르며 비탈길에 오밀조밀 형성된 오래된 마을에 붉은빛을 뿌리자 곳곳에 조명이 탁, 켜졌다.

생텍쥐페리가 쓴『어린 왕자』가 떠올랐다. 어린 왕자는 마음이 적적한 날 의자를 당겨가며 노을을 바라보았다. 자신의 별 소행성 B612에서는 마흔 네 번이나 노을을 볼 수 있다고 했다. 분명히 어린 왕자는 단아하게 물드는 아시시의 해 질 녘을 좋아할 것이다. 태양이 빚어낸 붉은 색 물감이 번지는 아시시의 하늘을 기억해 두었다가 까탈스러운 장미꽃에게 설명해 주려고 애쓰지 않았을까. 자신의 별을 떠나 여행을 하던 어린 왕자가 지구에서 처음 맞이하는 노을을 바라보는 심정으로 아시시의 해 질 녘을 오래도록 감상했다.

정작 우리 아이들은 토스카나 풍경보다 바닥을 기어 다니는 개미의 행렬에 더 관심이 많았다. 쪼그리고 앉아 역광을 받는 두 아이의 등으로 주황색 테두리가 빛났다. 아이들이 개미 탐구를 하는 동안 곧 노을이 꺼지고 밤이 켜졌다. 어두워진 아시시 마을의 골목을 걷다가 캠핑장으로 돌아왔다.

캠핑장은 아시시와는 반대로 시끌벅적했다. 야외무대에서 단체 손님들이 파티를 열고 있었다. 장기자랑을 하는지 노래를 부르고 손뼉을 친다. 흥이 많은 이탈리안은 늘 이렇게 행복한 걸까. 파티는 저녁 열 시까지 이어졌다. 이따금 들려오는 웃음소리와 노랫소리를 들으며 잠이 들었다.

아시시의 고성

6.

인생 사진 찍기 딱 좋은 곳

막시무스의 집, 몬테풀치아노

　캠핑장 카페에서 간단히 아침을 먹기로 했다. 이탈리아의 카페는 바 형식으로 운영되는데, 주문과 동시에 바리스타가 커피를 내려 바에 올려 주었다. 가격은 1~2유로로 정도로 저렴했다. 의자 없이 보통 바에 서서 작은 잔에 담긴 진하게 농축된 에스프레소를 마셨다. 한번 따라 주문했다가 탕약처럼 써서 혼이 났다. 작은 잔에 설탕을 두 스푼이나 추가해서 겨우 마셨다. 다음부터는 카페라테보다는 우유가 덜 들어가고, 에스프레소보다는 더 부드러운 카푸치노를 주문했다.

　바삭하고 고소한 크루아상과 우유 거품이 잔뜩 올라간 진한 카푸치노로 기분 좋은 아침을 시작했다. 아이들은 갓 구운 초코 크루아상이 맛있다고 했다.

　영화 〈글래디에이터〉의 주인공 막시무스가 사는 집으로 유명한 촬영 장소(Agriturismo Poggio Covili)에서 멋진 가족사진을 남기기로 했다.

노르웨이 크루즈 선상 파티 때 입었던 옷을 오랜만에 다시 꺼내 입었다. 가지고 온 옷 중에 가장 근사한 옷이다.

차가 많이 다니지 않는 토스카나 평원의 좁다란 길을 달려 목적지에 도착했다. 완만하게 올라갔다 내려오는 언덕들과 소박한 집 한 채가 외로워 보였다. 집으로 향하는 길 양쪽으로 심어진 사이프러스 나무가 일정한 간격으로 그림자를 드리우고 있었다. 추수가 끝난 밀밭 고랑의 줄무늬가 예쁜 하늘색과 어우러져 평화로운 풍경화가 되었다. 영화 〈글래디에이터(Gladiator)〉에서 죽음이 임박한 막시무스가 밀밭 평원을 걸으며 언덕 위의 집을 향해 올라간다. 아버지를 발견한 아들이 달려가며 감동적인 재회 장면이 촬영된 곳이다. 영화 속의 푸르른 밀밭을 보고 싶다면 6월 말, 7월 초에 여행하기를 추천한다. 셀카봉을 길게 늘여 가족사진을 여러 장 남겼다. 인생 사진 찍기 딱

막시무스의 집 드레스를 입은 둘째가 나무 사이를 걸어가고 있다.

좋은 곳이다.

만족스럽게 사진을 남긴 우리는 몬테풀치아노(Montepulciano)로 이동했다. 높은 건물과 산들로 둘러싸인 한국과는 다르게 끝없이 펼쳐진 평원의 이색적인 풍경에 매료되어 다들 차창 밖을 바라보느라 조용했다. 몬테풀치아노 길목에 위치한 아담한 현지식 레스토랑(La Vineria)에서 점심을 먹고 움직이기로 했다. 다행히 딱 한 자리가 남아 들어갈 수 있었다. 직원에게 추천을 부탁했다. 가장 인기 있는 메뉴를 알려달라고 하니 친절하게 몇 가지를 추천하며 설명을 해주었다. 포카치아라는 이탈리아식 샌드위치와 다진 돼지고기가 들어간 파스타를 주문했다. 몬테풀치아노 지역에서 생산된다는 생면으로 만든 파스타였는데 칼국수와 우동 사리의 중간쯤 되는 쫀득한 식감의 면이 맛있었다. 아이들이 얼마나 빨리 먹는지, 맛도 못 볼 뻔했다.

주문한 음식들은 모두 맛있었고, 포만감을 느끼며 레스토랑을 나왔다. 옆 테이블에서 치즈와 와인을 주문하여 이야기를 나누는 모습이 보기 좋아 보였다. 나와 남편이 맥주 이외의 술을 잘 즐기지 못해서 아쉬웠다. 이런 곳에서 와인을 마시며 분위기를 즐길 줄 알면 참 좋을 텐데 말이다.

마을로 들어서자 전반적인 중세마을은 구조적으로 비슷하다는 느낌이 들었다. 오래된 벽돌집, 오렌지색 지붕, 골목 사이의 아기자기한 상점, 중앙 광장과 분수대, 언덕 꼭대기에 있는 성당, 대부분 이런 구조다. 같은 로마제국 일부였으니 크로아티아에서 본 중세마을도 비슷한 분위기를 가졌다. 예쁜 벽돌집 사이로 오르막길을 오르니 발도르차 평원이 내려다보이는 멋진 전망이 기다리고 있었다. 이렇게 해가 잘 드는 평원이 있으니 이탈리아의 과일이 다 맛있나 보다. 어제 먹었던 새콤달콤했던 자두가 떠올라 침이 고였다.

하얀 원피스를 입은 둘째와 와이셔츠를 입은 첫째가 함께 전망을 구경하는 모습이 잘 어울려 몇 번이나 휴대폰 카메라에 담았다. 이곳은 이탈리아, 어디든 사진을 찍으면 바로 전문 모델로, 사진작가로 둔갑하는 나라다.

몬테풀치아노 전망을 내려다보는 아이들

아이들 옷차림 때문인지 지나던 아주머니께서 오늘 특별한 날인 거냐고 물어보셨다. 나는 "맞아요, 특별한 날이에요. 몬테풀치아노에 왔으니까요."라고 했다. 아주머니는 허리를 꺾으며 웃으시더니 엄지를 척 들어 보이셨다.

뜨거운 몬테풀치아노를 나와 저녁을 위해 장을 보러 나왔다. 바비큐를 해 먹는 데 필요한 식자재를 구매했다. 필요한 물품은 숯불용 그릴과 숯, 착화탄, 라이터, 두툼하고 맛있는 고기였다. 마트에서 색깔 좋은 소고기와 돼지고기를 사고, 철물점에 들러 적당한 크기의 그릴을 구입했다. 한국에서 보통 사용하는 얇은 그릴이 아니라 두 겹의 철판 사이에 고기를 넣어 뒤집어 가며 구울 수 있도록 긴 손잡이가 달렸다. 숯과의 적당한 공간이 생기도록 그릴에 7센티 정도 되는 다리가 달린 묵직한 그릴이다.

두툼한 고기에 소금과 후추를 잔뜩 뿌리고 남편은 하얀색 블록 모양의 착화탄을 이용해서 숯에 불을 붙였다. 우리가 사들인 숯이 질이 좋지 않았는지 불이 붙는 데 한참 걸려 오랫동안 고기를 구워야 했다. 맛있는 냄새를 맡으며 기다리려니 못 할 짓이었다. 아이들은 맨밥을 퍼먹으며 애타게 고기를 찾았다. 숯 향이 밴 두툼한 삼겹살이 어찌나 맛있는지, 육즙이 가득한 고기에 쫀득하고 고소한 기름 맛이 일품이었다. 큰 덩어리를 가위로 조각내는 순간 접시에서 다 사라지고 없었다. 진작 그릴을 구매해서 자주 해 먹었으면 좋았을 텐데 이제야 도전한 게 후회가 되었다.

기름진 입안을 시원하고 알싸한 맥주로 헹구어 냈다. 아이들이 먼저 씻으러 가고 남편은 설거지를, 나는 텐트로 들어가 수동펌프 내장형 에어 매트리스에 바람을 더 채워 넣고 아이들이 눕기 좋게 잠자리를 정리했다.

에어 매트에 구멍이라도 생겼는지 시간이 지나면 공기가 빠져 등이 배겼다. 새벽에 잠이 덜 깬 채 손으로 심폐소생술 하듯 펌프질을 네다섯 번 해야 누울 만했다. 아이들 매트도 그런지 아침 여섯 시쯤 푸슉푸슉 에어 매트에 바람 넣는 소리가 들리곤 했다. 업어가도 모를 정도로 깊이 잠드는 동생 대신 늘 오빠가 바람을 넣었다. 듬직한 오라버니다.

7.

보티첼리만큼 날 사랑해?

피렌체

아침에 일어나 캠핑장에 열린 어린이 벼룩시장을 구경한 후, 초코 크로아상과 카푸치노를 한 번 더 즐겼다. 텐트 앞 의자에 앉아 평화로운 호수 뷰를 감상했다. 트라시메노 호수는 여전히 아름다웠다. 아쉽지만 이제 떠날 시간이다.

자동차로 1시간 30분 남짓 달려서 피렌체(Firenze)에 도착했다. 피렌체 하면 메디치 가문의 이야기를 안 할 수 없다. 원래 서민 계층이었던 메디치가는 은행업으로 많은 부를 축적했고 피렌체의 통치자가 되었다. 미켈란젤로, 라파엘로 등 유명한 예술가들을 다수 후원했다고 한다. 르네상스가 꽃피운 시기와 메디치 가문의 성장이 맞물렸다. 이름을 날리던 메디치 가문은 후손이 없어 대가 끊기고 말았다. 마지막 상속녀가 피렌체에서 미술품들을 반출하지 않는다는 조건으로 가문이 소장하고 있던 예술품을 피렌체에 기증하게 되는데, 그 대부분이 우피치 미술관

(Galleria degli Uffizi)에 전시되어 있다.

보티첼리, 〈비너스의 탄생〉 우피치 미술관에 소장되어 있다.

딸아이는 보티첼리의 〈봄〉과 〈비너스의 탄생〉을 좋아했다. 두 그림 모두 아이가 좋아하는 그리스·로마 신화 동화책 뒤편에 실려 있던 명화여서 눈에 익은 작품이기 때문이었다.

보티첼리가 그린 〈비너스〉는 그가 짝사랑하던 실존 인물을 모델로 하여 그린 그림으로 당대 피렌체 최고의 미녀 시모네타 베스푸치가 그 주인공이다. 미인박명이라더니 피렌체의 수많은 남성의 마음을 빼앗았던 그녀는 안타깝게도 폐결핵으로 23세의 나이에 요절했다. 보티첼리는 이후에 시모네타의 살아생전의 모습을 떠올리며 성스럽고 아름다운 비너스로 표현했다.

보티첼리는 평생 결혼을 하지 않았고 마지막에 남긴 유언으로 시모네타 근처에 자신을 묻어달라 했다고 하니, 이쯤 되면 그의 짝사랑은 맹목적이다 못해 종교에 가까워 보였다. 맑고 투명한 눈동자, 우아한 긴 목, 무심한 표정, 길고 탐스러운 머리카락까지 보티첼리의 붓끝에서 다시 탄생한 그녀는 작품 속에서 살아 숨 쉬며 현대에 살고 있는 사람들에게까지 영감을 주는 뮤즈가 되었다. 한 예술가의 인생에 이렇게 큰 영향을 끼친 여인이 또 있을까.

남편에게 보티첼리가 시모네타를 사랑했듯이 나를 사랑하냐고 물어보려다 관뒀다. 실상 결혼 전까지 내가 남편이 좋아 내내 쫓아다녔기 때문이다. 손을 먼저 잡고, 프러포즈도, 심지어 결혼에 대해 시큰둥한 남편을 대신해 시부모님께 이 사람이랑 결혼하고 싶다고 당돌한 말을 꺼낸 사람도 나였다. 현실은 반대로 내가 보티첼리, 남편이 시모네타다.

나의 이목을 끈 작품은 젠틸레스키의 〈홀로페네스의 목을 자르는 유디트〉였다. 여자가 적장의 목을 직접 벤다는 자극적인 소재인데다가 젠틸레스키의 지독한 사연과도 관련 있어 감상해 보고 싶었는데 드디어 기회가 왔다.

홀로페네스라는 적장의 머리를 짓누르고 적극적으로 목을 베는 젠틸레스키의 유디트를 마주했다. 강인한 팔뚝과 기회를 놓치지 않겠다는 단호한 표정, 선혈이 낭자한 침대 시트가 섬뜩할 정도로 실감 나서 마치 살인 범죄 현장의 목격자가 된 기분이었다. 이렇게 강인한 유디트는 여성화가인 젠틸레스키의 얼굴과 놀랍도록 닮았다고 한다.

〈홀로페네스의 목을 자르는 유디트〉

　젠틸레스키는 어렸을 때부터 미술에 소질이 뛰어나, 이를 알아본 아버지가 자기 친구인 화가 타시를 딸에게 스승으로 소개해 주었다. 문제는 이 타시란 작자가 희대의 악인이었단 점이었다. 타시는 친구의 딸인 젠틸레스키를 성폭행한 혐의로 고발되었다. 하지만 피해자였던 젠틸레스키가 오히려 성폭행 이전 순결 여부로 법정 공방을 하며 괴로운 나날을 보냈다고 한다. 그녀의 작품 속 유디트는 적극적이고 두려움을 모르는 여성으로 등장한다. 과거의 고통을 딛고 일어서는 화가의 강인한 자아를 엿볼 수 있었다.

깊은 감동을 주는 우피치 미술관에서 나와 훨씬 더 깊은 감동을 준 중식당(Le Sorgenti)으로 향했다. 많은 한국인으로부터 극찬의 리뷰를 받은 중식당이라 궁금했던 차였다. 우리 아이들은 짬뽕을 먹을 생각에 신이 났는지 길도 모르면서 앞장을 섰다. 마파두부와 짬뽕, 찐만두, 모닝글로리 볶음, 새우볶음밥 등 먹고 싶은 메뉴를 잔뜩 주문해 놓고 기다렸다. 음식이 서빙될 때마다 우리 테이블로 오나 싶어 눈동자가 쉬지 않고 굴러갔다. 기다림조차 즐거웠다. 진정으로 한국의 짬뽕맛이 그리웠다.

드디어 주문한 음식들이 테이블에 도착하고, 첫 짬뽕 국물을 들이켜는데, 바로 이 맛이었다. 먼 타국에 와서 맛보는 짬뽕 국물의 감동이란. 마파두부도 한국에서 즐겨 먹던 메뉴가 아니었음에도 바닥까지 싹싹 깨끗이 먹었다.

이후 귀국해서는 마파두부가 즐겨 먹는 요리 중 하나가 되었다. 서로 말도 없이 젓가락과 숟가락 소리만 달그락달그락하다 보니 어느새 테이블 위에 남은 음식이 하나도 없었다.

멋진 식사를 마치고 나가면서 직원에게 환상적인 식사였다고 고맙다고 했다. 중식당 직원은 환하게 웃었다. 아이들이 말하길 유럽 최고의 식당이란다. 나도 격렬히 동의했다. 만족스럽게 식사를 마친 우리는 시원한 그라니타(이탈리아식 슬러시)를 하나씩 들고서 숙소로 향했다.

2023년 4월 10일 월요일 날씨 이 흐림

제목 (중국집)

오늘 중국집에 갔다. 그 중국집
에 서는 마파두부, 짬뽕, 김치,
만두, 이상한 탕수육, 볶음밥 등등을
먹었다. 하지만 아쉽게도
짜장면은 없었다. 그래서
그렇게 만서 컸다. 인생의
음식이 있다.

이탈리아에서의 중국집이라니 뭔가

그리운 맛이었겠네.

8.

두 번 다시 잔소리를 안 하기로 했다

피사, 루카

유럽 어디에나 관광객들이 많지만, 이곳처럼 비슷한 포즈를 취하며 사진을 찍는 관광객들을 만나는 곳은 흔치 않다. 아들이 꼭 가고 싶다고 했던 피사의 사탑이었다. 피사의 사탑은 무른 땅 위에 지어져 처음 탑을 올릴 때부터 기울어졌다고 한다. 한때는 갈수록 심하게 기울어져 쓰러질 지경이라 반대쪽에 무거운 추를 달아 고정해 두기도 했단다. 지금은 안정화되어 입장료를 내고 들어가 탑 꼭대기까지도 가볼 수 있었다.

다른 사람들처럼 우리도 손바닥으로 탑을 미는 포즈, 머리를 맞대는 포즈, 기대는 포즈 등 많은 사진을 찍었다. 아이들이 이런 설정 사진을 좋아해서 땡볕에서 한참 시간을 보낼 수 있었다. 시원한 주스를 한 잔씩 마시기 위해 피사 사탑이 보이는 야외 커피숍(Malvaldi Mario)으로 이동하는데 무언가 허전한 기분이 들었다.

오 마이 갓! 현금, 신용카드, 여권까지 중요한 물건이 죄다 들어 있는 크로스백이 사라졌다! 다시 기억을 되돌려 보니 설정 사진을 찍는다고 크

커피잔에 들어간 기울어진 피사의 사탑

로스백을 잔디밭 근처에 내려뒀던 게 떠올랐다. 유럽에서는 앞으로 맨 가방은 내 것, 옆으로 맨 가방은 반만 내 것, 백 팩에 들어 있는 것은 모두의 것이란 말이 떠오르며 정신이 아득해졌다. 하물며 바닥에 10분 넘게 방치해놓은 가방은 좀도둑에게 증정하는 선물이나 다름없었다. 분명 도둑이 훔쳐 갔으리라. 여권이 없으면 대사관을 찾아가서 재발급을 받아야 하고, 그동안 여행은 올

스탑이 된다. 가슴이 철렁했다. 오만 가지 생각을 하며 사진 찍었던 곳으로 달려갔다. 천만다행이다! 기적처럼 가방이 그대로 있었다.

우리가 사진 찍던 자리에 계속 다른 관광객이 와서 사진을 찍느라 가방이 무사했다. 혹은 행운의 여신이 우리의 여행을 응원하고 있는 것일까. 온 가족이 가슴을 쓸어내렸다. 순박한 이탈리아 사람들을 도둑으로 오해했나 싶어 슬쩍 미안하기까지 했다.

사라질 뻔한 현금으로 사 먹는 카푸치노 맛이 얼마나 좋게요. 다시 찾은 평화가 반가웠다. 아이들에게도 시원한 그라니타와 크루아상을 쥐여주었다. 남편에게 가방 지퍼를 잘 고정했냐고, 자동차 문 잠궜냐고, 휴대

폰 주머니에 넣고 다니지 말라고 늘 잔소리했었는데 이번 일로 합죽이가
되었다. 남편은 빙글빙글 웃기만 하고 아무 말도 하지 않았지만 나는 두
번 다시 남편한테 잔소리하지 않기로 했다.

　피사에서 나가는 길에 기념품을 구경했다. 우리 아이들은 좌판대 앞에
서서 고심하며 오랫동안 물건을 골랐다. 고민 끝에 고른 기념품은 피사
의 탑이 조각된 손톱깎이와 피노키오 열쇠고리였다. 손톱깎이는 손톱이
안 깎이니 참고하시라.

　날이 점점 더 뜨거워져서 숙소로 돌아가 점심을 먹고 휴식을 하기로
했다. 선선해진 저녁에 숙소와 가까운 소도시 루카를 돌아보기로 했다.
루카(Lucca)는 이탈리아 토스카나지방에서 가장 오래된 도시라고 한다.
요새 도시로 큰 성벽으로 둘러싸인 구조이다. 세계대전의 폭격을 피하여
도시가 그대로 잘 보존되어 있다고 한다. 16세기에 건설되었다는 12m 높
이의 큰 성벽이 마을을 둥글게 둘러싸고 있어 거대한 둥지 같다는 느낌
이 들었다.

　마을 입구에 자전거를 대여해 주는 곳(Mercatino Rent Bike)이 있어
서 네 가족이 함께 탈 수 있는 4인용 자전거를 빌렸다. 높고 넓은 성벽 위
에 가로수가 줄지어진 산책로가 조성되어 있었다. 이 길을 따라 자전거
를 타고 루카 성벽 위를 한 바퀴 둘러볼 생각이었다. 문제는 성벽까지 올
라가려면 오르막길을 올라가야 했다. 앞에 아이들이 앉고, 남편과 내가
열심히 자전거 페달을 굴렸다. 오르막에서 점점 속도가 느려지고 페달이

무거워졌다. 아무래도 내려서 자전거를 밀어야겠다는 생각이 들었다.

루카 성벽 위의 산책로를 뛰어가는 아이들

그때 이곳 주민으로 보이는 아주머니께서,

"고! 고! (Go! Go!)"

하고 외치며 자전거를 뒤에서 힘껏 밀어주시는 게 아닌가!

당황해서 쏘리, 땡큐를 반복하며 페달을 세게 밟았다. 자전거는 힘차게 오르막을 올라갔다. 자전거가 성벽 위에 무사히 도착하자 손을 흔들며 환하게 웃던 그녀의 얼굴을 잊을 수 없다.

성벽을 따라 루카를 내려다보며 구경했다. 오렌지색 햇살이 나뭇잎 사이로 기울어져 떨어졌다. 성벽 위, 넓은 산책로 양옆으로 가지를 넓게 뻗은 가로수가 그늘을 드리웠다. 조깅을 하는 사람들이 규칙적인 숨소리를 내며 지나가고, 유모차를 끄는 가족들이 느릿한 걸음을 옮겼다. 든든한 요새 성벽 안으로 자리 잡은 마을은 안전하고 평화로워 보였다. 실제로 크고 높은 성벽이 전쟁은 물론이고 홍수의 피해까지 막아 주었다고 한다.

가족들과 이야기를 나누며 자전거를 타다 보니 1시간이 훌쩍 지나가 버렸다.

낯선 이의 친절로 루카는 가장 행복했던 장소 중 하나로 자리매김했다. 이 경험 이후, 도움이 필요한 사람들에게 작은 친절이라도 베풀기 위해 노력한다. 나의 친절이 도어맨이 되어 누군가를 행복의 문으로 안내할지도 모르니까 말이다.

9.

친퀘테레 차 타고 오지 마세요

친퀘테레

친퀘테레(Cinque Terre)가 이탈리아 마지막 여정이다.

몬테로소알마레(Monterosso al Mare), 베르나차(Vernazza), 코르닐리아(Corniglia), 마나롤라(Manarola), 리오마조레(Riomaggiore)까지 다섯 개의 마을이라는 뜻의 친퀘테레.

바다를 바라보는 절벽과 언덕에 자리 잡고 있어 차가 진입하기 쉽지 않았다. 좁고 경사가 급한 도로를 따라 마을로 내려갔다가 작은 주차장이 가득 차 있어서 차를 돌려 나오느라 진땀을 뺐다. 많은 관광객들이 기차를 타고 방문하는 곳이었다. 다섯 마을 중 마나롤라에만 직접 걸어가보기로 했다. 계단과 가파른 경사길을 오르내리느라 아이들 원성이 자자했지만, 여느 다른 소도시와는 분위기가 달라서 구경하는 재미가 있었다. 건물마다 알록달록 서로 다른 색을 하고 있어 마을의 첫인상이 경쾌했다. 어린이가 파스텔 톤 레고 조각으로 조립한 예쁜 상상 속 마을 같았다. 창밖마다 빨랫줄에 걸려 펄럭펄럭 춤을 추는 수영복들과 하얀 침대

보도 재미있었다. 동네 꼬마들은 파랗게 빛나는 바닷속으로 풍덩 뛰어들었다. 까르르 아이들 웃음소리가 파도 소리와 섞여 공기 중에 부서졌다.

저 언덕배기 중간쯤 자리 잡은 노란 집에 사는 내 모습을 상상해 보았다. 창문을 열면 짠 내가 섞인 바닷바람이 거실까지 성큼 들어오고, 어제 물놀이했던 수영복이 빨랫줄에 널려 학교에서 아이들이 돌아오길 기다린다. 학교를 마치고 시끌시끌 떠드는 아이들은 골목길에서 작별 인사를 나누고 각자 연두색, 주황색, 하늘색 집으로 들어간다.

아들에게 이런 곳에서 살면 어떻겠냐고 물어보니 계단과 오르막길이 많아 별로라고 했다. 그래, 그럴 수도 있겠다. 우리가 여기 살면 할머니, 할아버지께서 집까지 찾아오시는 게 쉽지 않겠다며 서로 농담을 했다.

며칠 전 피자가게에서 서비스로 받았던 비눗방울을 불며 남매가 함께 놀았다. 친퀘테레의 분위기가 알록달록하게 빛나는 비눗방울과 잘 어울렸다.

아이들은 신맛을 좋아해서 레몬 맛 사탕, 레몬 맛 음료를 먹곤 했다. 마침 레몬이 메인 테마인 한 구멍가게가 보여 잠시 들어가 구경했다. 상큼한 레몬색과 민트

친퀘테레의 골목 상점

색으로 인테리어한 가게 분위기가 참 마음에 들어서 한국으로 돌아가면 딸아이 방을 이렇게 꾸며 줘야겠다고 생각했다. 산호 위에 전시된 액세서리도 참 아기자기하고 한쪽 벽에 높게 쌓여 있는 레몬 첼로 병에도 눈길이 갔다. 특히 이탈리아어로 'Limone'라고 쓰여 있는 패브릭 포스터가 예뻐 보여 들었다 놨다 하다가 결국 그냥 나왔다. 딸 방 벽에 걸어두었으면 두고두고 친퀘테레를 떠올릴 수 있는 좋은 소품이 되었을 텐데. 지금 생각해 보니 사 올 걸 후회가 된다. 여행지에서 사고 싶은 건 일단 사자.

친퀘테레 마나놀라를 마지막으로 이탈리아와 작별했다. 로마의 흔적, 서로 다른 매력의 작은 소도시들, 고소한 화덕피자와 젤라또, 환한 미소의 이탈리아 사람들, 이렇게 아름다운 이탈리아에 다시 한 번 올 수 있는 기회가 있을까.

두고두고 눈에 밟히는 그 레몬 패브릭 포스터를 사러 다시 친퀘테레를 방문하리라. 아쉬움과 기대를 안고 남프랑스로 출발했다.

4장

프랑스어는
못 하지만
여기서
살아보고 싶다

1.

남프랑스 어트랙션 무한 리필

프랑스, 뤼팽 숲 놀이동산

이탈리아 친퀘테레에서 국경을 넘어 프랑스 남부 해안을 따라 니스로 향했다. 프랑스로 넘어오자마자 마트에 들러서 저녁거리를 구매하며 높아진 장바구니 물가를 실감했다.

우리의 숙소 리오라 캠핑장(Camping La Ferme Riola)은 니스 중심가에서 떨어진 산속에 위치해서 찾기가 어려웠지만 한적하고 조용했다.

사장님은 우락부락한 근육과 달리 상냥하며 수다스러웠다. 동양인이 신기했는지, 계속 따라다니며 이것저것 챙겨줬다. 어린 아들을 위해 직접 만드셨다는 트리하우스도 구경시켜줬는데, 아쉽지만 출입 금지였다. 못 들어오게 할 거면서 왜 자랑한 걸까? 캠핑장을 운영하는 아버지 덕분에 낭만적인 유년 시절을 보냈을 아들이 부러웠다.

야외에서 음식을 할 때, 스테이크처럼 사방으로 기름이 튀는 음식을 해도 문제가 없어서 좋았다. 주방처럼 매번 깨끗이 기름을 닦을 필요가 없으니까 말이다. 쌀밥에 돼지고기를 구워 김치와 함께 저녁을 먹었다. 로마 한인 마트에서 산 김치가 느끼한 고기 맛을 잡아 준다. 산속이라 모기가 보여 모기향을 피웠다. 아이들이 모기향을 피우면 군고구마 냄새가 나서 배가 고프다고 했다. 새콤한 자두와 삶은 달걀을 까서 군고구마 생각을 달래주었다.

잠자리에 누워 남편과 이탈리아에서 서로 좋았던 순간들과 에피소드를 나누며 기억을 더 촘촘히 엮어보았다. 피스타치오 맛 젤라또를 한 번 더 먹었어야 했다며 너스레를 떨었다. 진하고 고소한 맛을 떠올려 보며 잠을 청했다.

이탈리아는 벌써 그리운 나라가 되었다.

크로아티아에서는 하루가 멀다 하고 바다 수영을 즐겼건만 내륙으로 오면서 아이들이 수영하거나 종일 뛰어놀 만한 공간을 찾기가 쉽지 않았다.

공원을 검색하다가 구글 평점이 높은 가족 놀이시설(Le Bois des Lutins)을 발견했다. 입장료는 1인 17.5유로였고 4인 70유로를 주고 입장했다. 수풀이 우거져 있는 멋진 놀이동산이었다. 에어바운스, 트램펄린, 나무에 연결된 미끄럼틀, 미로, 물놀이장, 집라인 등 온 가족이 함께 즐길 수 있는 놀이기구들이 많았다. 언덕에서 미끄러져 내려와 호수로 풍당 떨어지는 보트는 스릴 있어서 각자 다섯 번 넘게 탔다. 무섭고 긴장되는 놀이기구가 질색인 나도 즐기면서 탔다. 사람이 적어서 대기시간 없이 몇 번이고 탈 수 있었다. 우리는 함께 미로를 탐험하고 집라인을 타거나 높은 곳에서 뛰어내리기를 했다.

안전요원이나 진행요원은 없었다. 설명서를 보고, 작동 버튼을 누르기만 하면 된다. 만약 서울에 이런 시설이 있다면? 잔디밭에 빽빽하게 깔린 돗자리와 놀이기구마다 길게 늘어선 줄을 상상해 보니 갑갑해져 온다. 땅덩어리가 넓은 프랑스가 부러웠다.

숲속 놀이공원 안내

물놀이장 내부 놀이기구들은 수영복을 입어야만 탈 수 있었다. 워터 슬라이드를 타고 싶어하는 아이들이 눈에 밟혀 얼른 자동차 트렁크에 가서 옷 바구니를 뒤져보았다. 여벌로 챙겨왔던 어린이 래시가드 상의를 찾았다. 내 수영복 반바지 끈을 최대한 조여서 아들, 딸에게 입혀보니 벗겨지진 않겠다. 언제 이렇게 컸는지! 곧 아이들과 내가 옷을 함께 입을 날이 오겠다는 생각이 들었다.

색 조합이 하나도 안 맞는 수영복 패션이 완성되었다. 물놀이장에 입장할 수만 있다면 상관없었다. 남편은 언제 갈아입었는지 이미 비치용 수영 반바지를 입고 앞서 걸어가고 있었다. 워터 슬라이드에서 아들, 딸, 남편이 나란히 물보라를 일으키며 내려왔다. 남편이 제일 신나 보였다. 아이들 수준에 맞춰 본인도 즐겁게 놀 수 있는 것도 능력이다. 서너 번

워터 슬라이드를 타더니 나더러 재밌는데 왜 안 타냐고 해맑게 물어보는 이 남자. 바라만 봐도 즐거웠다.

신나게 논 아이들은 오늘이 최고로 좋은 날이라며 엄지를 치켜세웠다. 폐장 시간까지 여섯 시간을 이곳에서 머물렀다. 더 놀겠다고 미적미적 보이는 놀이기구마다 올라타는 아이들 덕분에 들어오는 데 5분 걸렸던 길이 나가는 데는 30분이 걸렸다. 남편과 둘이 왔다면 여기를 들렀을까. 그랬을 리가 없다. 아이들과의 여행은 다양한 시각을 선물해 준다.

프랑스 아이들과 어울려 놀이동산에서 신나는 시간을 보내는 아이들

2.

장비 핑계로 캠핑 굿바이

니스

이탈리아 철물점에서 구입했던 석쇠로 근사한 삼겹살 바비큐를 해 먹었다. 입천장이 델까 봐 걱정될 정도로 굽는 족족 아이들 입에 삼겹살이 들어갔다. 숯 향이 밴 삼겹살이 얼마나 맛있는지, 시원한 맥주와 궁합이 딱 맞았다.

삼겹살 파티 중에 남편이 앉아 있던 캠핑 의자 하나가 천이 찢어지며 내려앉았다. 남편의 의도치 않은 몸 개그로 자지러졌다. 여행 막바지가 되니 힘을 다했는지 무게를 견디지 못하고 올이 나가버렸다. 테이프로 대충 보강공사를 하고 살살 앉아보니 제법 멀쩡했다. 역시 나는 금손이라고, 장판 고친 얘기를 또 꺼내며 자화자찬하는 중에 다시 뼈대가 불쑥 튀어나오며 기우뚱 기울어진다.

그럼 그렇지. 아무래도 고생이 많았던 의자는 이 캠핑장에서 작별 인사를 해야겠다. 한국에서 보기 힘든 별빛 아래서 바비큐를 먹으며 깔깔 웃었다.

"하아. 푹신한 침대에 눕고 싶다."

아이들이 하소연하기 시작했다. '아이들은 집 밖에만 나가면 어디든 좋아한다'라는 내 예상은 보기 좋게 빗나갔다. 하긴 새벽마다 에어 매트리스 바람을 다시 채우기 위해 일어나야 했다. 공용 샤워장에서 물기 젖은 바닥에 닿지 않도록 옷을 갈아입어야 하고 새벽에 어두운 길을 걸어 화장실을 가야 했다. 어른인 나도 번거로웠다. 좋은 장비를 갖추고 왔다면 나았을까.

지난밤에 남편이 잠을 잘 이루지 못했다고 한다. 에어 매트리스 어딘가 생긴 구멍이 점점 커지고 있는지 바람이 빠지는 속도가 빨라지고 있었다. 새벽이 되면 비몽사몽 두 번은 일어나 납작해진 매트리스에 펌프질해주어야 했다. 고쳐볼 요량으로 강력 접착제까지 샀지만 바람이 어디서 세는지 몰라서 무용지물이었다. 거기다 니스 캠핑장에 모기가 유독 많았다. 원래 이 캠핑장에서 3일을 지낼 계획이었는데 두 밤만 자고 텐트를 철수하기로 했다.

구멍 난 에어 매트리스와 고장 난 캠핑 의자가 쏘아 올린 작은 공은 캠핑 여행의 마지막을 고했다. 그동안 동고동락했던 바람이 빠지는 에어 매트리스와 고장 난 캠핑 의자, 부피 큰 간이테이블 등 더 이상 사용하지 않는 캠핑 장비를 정리했다. 고마웠다, 장비들아. 이제 푹 쉬거라.

자동차 트렁크가 한결 가벼워진 상태로 니스로 향했다. 아이들은 캠핑을 못 해 아쉬워하기는커녕, 이제 해방이라며 신이 나서 조잘거렸다.

니스(Nice) 해변에 촘촘히 펼쳐진 파라솔들과 모래사장, 태닝을 즐기는 유럽인들로 가득했다. 소도시 중심으로 관광을 하다가 대도시를 만나니 반가웠다.

니스 곳곳에 프랑스 예술가 리차드 올린스키(Richard Orlinski)가 제작한 원색의 고릴라 동상이 시선을 끌었다. 고릴라 동상의 포즈를 따라하며 능청스럽게 연기하는 딸 덕분에 우리는 한참 웃었다.

니스 해변의 고릴라

바둑판 모양의 바닥이 인상적인 마세나 광장(Place Masséna)에서 레몬 맛 아이스크림을 하나씩 손에 들고 트램이 움직이는 모습, 다양한 스타일의 사람들이 지나다니는 모습을 구경했다. 아이들은 바닥분수로 달려가 한참을 놀았다. 옷이 축축해져 콧물이 흐르고 있었다. 이제 그만 갈 시간이라고 불러 모았다. 부모가 제동을 걸지 않으면 끝없이 직진하는 아이들이다. 그동안 놀고 싶은 마음을 어떻게 참았는지 모르겠다. 이렇게나 놀기 좋아하는 아이들을 붙잡고 학원과 숙제로 실랑이할 생각을 하니 마음이 답답해져 왔다.

어제 잠을 설친 남편 대신 내가 운전대를 잡았다. 선글라스를 쓰고 유튜브에서 신나는 댄스곡을 재생했다. 손가락으로 박자를 맞춰 운전대를 톡톡 두들기며 남프랑스를 가로질렀다. 갑자기 한 치 앞이 보이지 않을 정도의 폭우가 쏟아졌다. 앞서가던 자동차들이 속도를 줄이고 깜빡이를 켰다. 남편과 아이들은 세상모르고 잠들어 있었다.

자, 게임을 시작하지. 이 위기도 엄마가 극복한다.

3.

반 고흐 노란 카페가 문 닫은 이유

아를, 빛의 채석장, 생뽈드벙스

고흐를 사랑한다면 소도시 아를(Arles)을 방문해야 한다.

그는 아를에 머물면서 〈해바라기〉, 〈아를의 여인〉, 〈밤의 카페 테라스〉 등 여러 작품을 남겼다. 〈밤의 카페 테라스〉의 배경이 된 선명한 노란색의 고흐 카페(Cafe Van Gogh)에 들러 커피 한잔 마시며 시간을 보내고 싶었는데 내부 공사 중인지 영업을 하고 있지 않았다. 구글을 살펴보니,

주변 카페의 신고로 영업정지 중이라는 리뷰가 있었다. 반 고흐 카페에만 손님이 몰리니, 배가 아팠던 걸까.

문을 닫아 돌아서야 했던 반 고흐 카페

고흐가 입원했었다는 정신병동 에스빠스 반 고흐(L'espace Van Gogh)로 향했다. 고흐가 생

전 남겼던 아를의 병원 정원 그림이 전시되어 있고 그림 속 풍경 그대로 보존해 둔 정원과 분수대를 감상할 수 있었다. 2층은 문화센터로 운영되고 있었다. 난간 아래로 예쁜 꽃들과 라벤더가 아기자기하게 심어진 정원이 내려다보였다. 외롭고 우울한 말년을 보냈던 고흐였지만 현재 전 세계에서 그의 발자취를 찾아 이곳 아를의 병동까지 찾아오는 광경을 어디선가 지켜보고 있을까. 역시 인생은 끝까지 가봐야 안다며 고갱과 우스갯소리를 나누고 있을지도 모르겠다. 남동생만 알아줬던 고흐의 예술 작품이 전 세계인의 마음을 휘어잡은 그림이 되다니. 인생과 예술은 끝까지 알 수 없다. 우리네 생도 마찬가지 아닐까.

고흐의 작품 속으로 들어가는 듯했던 빛의 채석장

뜨거운 오후를 피해 시원한 실내에서 유명한 예술가의 작품을 바위 캔버스로 감상하기로 했다. 아를 근교에 위치한 빛의 채석장은 햇빛이 들지 않아 어둡고 공기가 서늘하게 식어 있었다.

작품과 잘 어울리는 피아노곡과 오페라 곡이 울려 퍼지고, 베르베르, 렘브란트, 고흐의 작품이 아지랑이처럼 벽과 천정에 살아나듯 그려지는 모습이 환상적이었다. 넓은 갤러리를 천천히 걸어 다니다가 작품을 감상하기 좋은 곳에 앉았다. 〈꽃의 이중창(The flower duet)〉이 흘러나오고 음악에 반응하듯이 작품이 바뀐다. 황홀한 움직임과 색깔을 감상하다 보니 시간이 어떻게 흘렀는지도 모르겠다. 우리 아이들도 앉았다가 기댔다가, 일어섰다가 자세를 바꾸어 가며 작품을 감상했다. 그러다 고흐의 〈별이 빛나는 밤〉에 작품이 온 벽면을 뒤덮자 몽환적인 고흐의 정신세계를 엿보는 듯한 느낌이 들어 전율이 흘렀다. 아들이 "엄마, 너무 멋져."라고 한마디를 내 귓속에 남기며 손을 꼭 잡았다.

빛의 채석장은 전 세계에 9곳이 있는데, 그중 서울과 제주가 포함되어 있다고 한다. 한국 예술의 위상이 느껴져 기뻤다. 오늘도 국뽕 한 사발 들이켰다.

빛의 채석장을 나오는데 아이들이 조그마한 플라스틱 간식 통에 무언가를 담아냈다. 뭐냐고 물어보니 이곳의 경험을 기념하려고 채석장 바닥에 있던 곱고 보드라운 모래를 담아 왔다고 했다. 모래를 쓸어 담느라 남매의 손바닥이 하얗게 변해 있었다. 어쩐지 어두운 구석에 머리를 맞대고 뭔가 열중을 하고 있더라니. 렘브란트보다 모래가 좋단 말이냐.

참, 귀엽기도 하고 어이없기도 한 아이들의 엉뚱한 행동에 웃음이 났다. 우리는 모래를 잘 보관하기로 했다. 물론 지금은 버린 지 오래다.

예술가들의 마을 생뽈드벙스(Saint-Paul-de-Vence)도 예술가들의 발자취를 찾을 수 있는 장소이다. 생뽈드벙스는 피카소, 마티스, 샤갈이 머무르며 작품을 만들었던 곳이고 특히 샤갈은 여기서 19년을 살고 지역 묘지에 묻혀 있다고 한다. 이 때문인지 거리 구석구석에 예술가들이 자기 작품이나 예술품을 전시해 둔 갤러리와 아트스튜디오를 많이 만날 수 있었다.

생뽈드벙스는 특색이 있고 개성 있는 작품이나 소품이 다양하게 전시되어 있어서 구경하는 재미가 있었다. 관심이 가는 작품이 있는 곳에 멈춰 서면 직원이 친절하게 작품 설명도 해준다. 뱅크시 그림도 전시되어 있어 구경해 보았다. 집마다 주인이 직접 손질하고 가꾼 흔적이 보이는 화단이나 화분이 골목을 더 아름답고 생기 있게 만들어 주었다. 파랗고 맑은 하늘과 예쁜 골목의 풍경에 매료되어 많은 사진을 찍었다.

마을 입구에서 노란색 호박꽃에 얇은 튀김옷을 묻혀 튀긴 간식을 판매하고 있었다. 막 튀겨낸 호박꽃 맛이 궁금해서 사 먹어보았다. 호박꽃에서도 호박 맛이 날 줄이야. 역시 튀김은 맛이 없을 수가 없다.

남편은 예술에 별 관심이 없는 사람인데, 생뽈드벙스의 독특한 마을 분위기가 좋아 하루 더 숙박하고 싶다고 했다. 예술 문외한도 반하게 만든 생뽈드벙스, 추천한다.

남프랑스의 소도시는 예술가들과 조우할 수 있는 매력적인 장소였다.

생폴드벙스 거리 예쁜 꽃들과 담쟁이덩굴로 생동감 넘친다.

4.

5유로로 스포츠 강습에 선물까지

이스트레스

예술가의 도시들을 강행군한 후, 하루 쉬어 가기로 했다. 점심으로 먹을 참치김밥을 싸느라 분주한 아침을 보내고 카마르그 자연공원(Camargue)으로 가서 핑크 플라밍고를 관찰했다. 광활한 호수에서 노니는 플라멩코를 관찰하다 보니, 내셔널 지오그래픽 직원이 된 기분이었다.

이후 공룡 설치물이 있다는 공원(Dinosaur Istres)에 들렀다. 광장에 천막들이 세워져 있어서 동네 벼룩시장이 열렸나 싶어 가까이 가보았다. 스포츠 동호회 모임인지 온갖 스포츠를 소개하는 부스를 운영하는 중이었다. 안내 간판이 있어도 전부 프랑스어로 쓰여 있으니 도통 무슨 소리인지 알 길이 없었다. 간판 아래에 홈페이지 주소가 나와 있어 휴대폰으로 검색하여 들어가 보았다.

다양한 스포츠를 경험해 볼 수 있었던 주민 스포츠 행사

행사 이름은 '헤라클레스 12경기'로 다양한 스포츠 학원이나 동호회가 스포츠를 소개하면서 홍보도 하고 체험해 볼 수 있도록 시에서 주최한 프로그램이었다.

1인 5유로 참가비가 있었고 아이들 이름으로 예약했다. 참가 신청 부스에 찾아가 휴대폰으로 예약 내역을 보여주었더니 손등에 도장을 찍어주고 미션지를 2장 준다. 영어를 할 줄 아는 직원이 없어 난감했는데 서로 손짓, 발짓하며 어떻게 참여하는지 소통했다. 참여하고 싶거나 배우고 싶은 스포츠 부스에 가서 활동한 후 미션지에 도장을 받을 수 있고, 8개

이상의 부스에서 체험하고 도장을 받으면 기념품을 준다고 했다.

아이들이 중간중간 놀 수 있는 에어바운스도 무료로 이용할 수 있었다. 땀이 나도록 에어바운스에서 실컷 논 남매는 축구, 탁구, 배드민턴, 테니스, 하키, 킥복싱, 역도, 단거리 달리기를 체험했다.

1회 체험이지만 근방의 스포츠센터를 운영하는 전문가들이 상세히 알려준다. 특히 킥복싱은 장비를 다 갖추고 1:1로 자세를 꼼꼼하게 알려주어 좋았다. 탄성 로프를 장착하여 높이 점프할 수 있는 트램펄린 체험을 마지막으로 도장을 9개 받았다. 아이들은 트램펄린이 제일 재밌었다며 한 번 더 타보면 안 되냐고 졸라댔다.

미션지를 들고 참가 신청을 했던 부스로 갔더니 스포츠 가방과 어린이용 운동 기구와 공, 프랑스어로 스포츠 종목들이 적힌 티셔츠를 선물 받았다. 영어라면 촌스러웠을 텐데 프랑스어라 왠지 멋스러웠다. 갑자기 '샹떼, 샹떼는 프랑스어로 건강입니다.'라는 모 건설사 광고가 떠올랐다.

5유로 내고 강습을 들었는데, 5유로 이상의 선물을 받았다. 프랑스에 이런 가성비가 있다고? 뜻하지 않은 곳에서 하루를 알차고 즐겁게 잘 보냈다. 아이들도 만족스러워했고 아이들이 좋아하면 부모 마음도 가볍기 마련이다.

로컬 사람들처럼 지역 행사를 즐기고 프랑스인들의 생활 속으로 들어가 보았다. 주민들의 건강을 위해 다양한 행사를 주최하여 스포츠와 가까이 할 수 있는 여건을 마련하는 프랑스의 행정 운영 모습이 인상적이었다. 활동량이 많았던 아이들은 일찍 곯아떨어졌다. 하루 쉬어 가기로 한 날이 가장 기억에 남는 날이 되었다.

5.

남프랑스에서 아그리 투리스모 체험

부르고뉴, 본느

이탈리아에는 아그리 투리스모 숙박이 유행이다. 아그리 투리스모, 결국 농가 민박인데, 이탈리아어로 하니 있어 보인다. 토스카나지방의 아그리 투리스모는 비싸서 예약하지 못했다. 아쉬움을 달래기 위해, 남프랑스 본느(Beaune)에 위치한 노부부가 운영하는 농가 민박을 에어비앤비로 예약했다.

낮은 단층집이 두 세대가 살 수 있도록 분리된 형태였고, 알록달록한 꽃들로 예쁘게 가꿔진 정원과 여러 농기구를 보관하는 커다란 창고가 딸려 있었다. 집 뒤편으로 닭, 토끼, 소를 키우는 제법 큰 사이즈의 외양간이 있어서 바람이 불면 외양간 냄새가 나기도 했다.

정원에 야외 바비큐 장비가 있었다. 새우와 삼겹살을 준비해, 정원 야외 테이블에 모여 숯을 달궜다. 새우부터 올려 굽기 시작했다. 먹음직스럽게 구워진 새우 몇 마리를 노부부께 드렸더니 '메르시, 메르시(Merci, Merci)' 하며 접시를 받아들고 좋아하셨다. 오늘도 한국인 이미지 업!

마당에서 먹는 새우 바비큐

배가 고프다며 당장 입에 넣어 달라는 딸아이의 성화에 뜨거운 새우를 후후 불며 껍질을 까 입에 쏙 넣어주었다. 양 엄지손가락을 들어 보이며 맛있다고 동동거렸다.

다음 타자 삼겹살을 올리자마자, 순간 하늘에서 콰르릉 소리가 났다. 새우에 한눈파는 사이 어디서 구름이 몰려왔는지 어둑어둑해진 하늘에서 투둑투둑 물방울이 떨어졌다. 곧 물방울들이 굵은 빗줄기가 되어 기세 좋게 잔디며 꽃이며 바비큐 그릴로 사정없이 내렸다. 나와 아이들은 숙소 현관으로 뛰어 들어왔다. 삼겹살의 안위를 위해 바비큐 그릴에 뚜껑을 덮고 마무리를 하고 온 남편은 홀딱 다 젖어버리고 말았다. 빗속에서 펄쩍펄쩍 이리저리 뛰며 삼겹살을 지켜내는 아빠의 모습이 재밌어서 아이들과 나는 깔깔 웃었다. 야외에서 먹진 못했지만 주방에서 조리가 덜 된 삼겹살도 마저 굽고, 새우를 곁들여 배불리 먹었다. 빗물 섞인 삼겹살은 꿀맛이었다. 바비큐 해 먹다가 이런 소나기를 만날 확률이 얼마나 될까. 여행하면 매일매일 생각지도 못한 새로운 이벤트가 생긴다.

넓은 숙소와 푹신한 침대에서 잘 자고 일어났더니 피로가 싹 사라졌다. 아침으로 크루아상과 호스트 할머니께서 직접 구우신 대왕 초코칩 쿠키를 먹었다. 홈메이드 쿠키는 달지도 않고 고소했다. 유리병에 가득 들어 있던 쿠키는 금세 사라졌다. 프랑스에도 '할머니의 손맛' 같은 단어가 존재할까.

마당에서 점심을 먹고 식탁을 정리하는데 할머니께서 번역 앱을 이용해 말을 걸어오신다. 토끼와 송아지를 구경할 수 있으니 같이 가보지 않겠냐고 하셨다. 토끼를 볼 생각에 살짝 흥분한 아이들과 집 뒤편 갓길을 따라 농장으로 들어갔다.

외양간 사이즈가 제법 컸다. 우리나라 황소랑은 다르게 하얀색에 갈색 얼룩이 있는 소들이 귀에 이름표를 붙인 채 호기심 어린 눈으로 아이들을 바라본다. 하얀색의 긴 속눈썹 아래로 맑고 동그란 눈동자가 예뻤다. 겁이 많은지 아이들이 발걸음을 가까이 내디디면 두 걸음 뒤로 도망간다. 딸아이가 건초더미에서 한 움큼 건초를 집어와 소 우리로 내밀자 그중 가장 용기 있는 녀석이 엉덩이는 그대로 뒤로 빼고 목만 쭉 내밀

숙소 마당에서 멋지게 점심을 차려 먹었다.

어 받아먹는다. 아들도 지켜보다 따라 해본다.

아이들이 이제 토끼를 보러 가자 했다. 외양간에서 멀지 않은 곳에 닭들과 토끼가 보인다. 한두 마리가 있는 게 아니라 오십 마리는 될 듯한 토끼들이 철망으로 된 우리 안에서 건초를 먹고 있었다. 태어난 지 얼마 안 되어 보이는 작고 보드라운 검은색 토끼와 얼룩무늬 토끼 두 마리가 아이들 혼을 쏙 빼놓았다. 당근을 다음에 꼭 사 와야겠다며 귀여운 새끼 토끼들을 근처로 꾀어낼 궁리를 했다. 덩치 큰 토끼들은 사람을 겁내지 않았지만 아직 어린 토끼들은 겁이 많아 구석진 곳에 숨기 바빴다. 소똥 냄새에 질식하기 직전인데 아이들은 십 분만, 십 분만을 외치며 농장을 맴돌았다. 겨우겨우 아이들을 설득해서 집으로 돌아오니 호스트 할아버지께서 빨갛게 잘 익은 토마토를 건네주셨다. 아마 직접 기르신 토마토인가 보다. '메르시(Merci)' 하며 토마토를 한 아름 받았다.

어릴 적에 할머니 댁에 놀러 가면 마당에 묶여 있던 어미 개가 낳은 강아지와 한참을 놀았었다. 마당에서 놀고 있노라면 할머니께서 구워주신 노란 호박전을 신발장에 걸터앉아 넙죽 받아먹곤 했다. 꼬리를 흔들고 배를 보이며 반겨주던 강아지들 덕분에 할머니 댁에 가는 날을 손꼽아 기다리곤 했었다.

프랑스 할머니의 푸근한 정에 잊고 있던 어린 날의 추억이 떠올랐다.

둘째 날 밤도 잘 잤다. 3일간 머물렀던 우리의 흔적을 지우고, 떠나야 할 시간이다. 아침을 간단히 먹고 창문을 다 열어 집 정리를 시작했다. 아이들은 가스레인지에 튄 기름과 얼룩을 닦아내고, 나와 남편은 침실과

본느 농가 소에게 먹이를 주는 남매

화장실을 치웠다. 아이들이 마지막으로 동물들에게 인사를 하러 외양간
으로 달려갔다. 토끼와 송아지들과 닭들과도 작별 인사를 나누었다. 넉
넉한 인심과 친절로 대해주셨던 호스트 노부부께도 감사의 마음을 전하
고 차에 올랐다. 한참을 달리는데 호스트 노부부로부터 메시지가 왔다.
캠핑용 테이블을 두고 갔다고 알려주셨다. 깨끗이 씻어서 정원에 말려놓
고는 그대로 두고 왔나 보다. 이미 한참 달리던 중이라 처분을 부탁드렸
다. '노 프러블럼(No problem)'이라는 답장과 함께 행운을 빌어주셨다.

6.

놀이터에서 만난 이방인

썽스

썽스(Sens) 숙소에 도착했으나, 미리 나와 있던 호스트가 대뜸 사과부
터 했다. 분홍색 두건으로 말아 올린 머리, 씩씩한 걸음걸이가 인상적인
호스트가 아직 집 정리가 안 되었으니 한 시간만 있다가 다시 오라고 했
다. 하필 근방에 주차장이 없어서 차 안에서 지루하게 시간을 보냈다. 아
이들도 언제 집에 들어가냐며 3분마다 물어보는 통에 슬슬 짜증이 올라
오던 참이다.

정리를 마친 호스트는 미안해했다. 몇 번이나 사과를 거듭하고선 자
기 차에 올라 시동을 건다. 그러면서 '우리 애들 봤어요?' 하고 묻길래 내
가 '어디 있어요?' 했더니 자동차 뒷좌석을 가리킨다. 뒷좌석에는 갓난
쟁이를 포함해 3명의 아이가 옹기종기 앉아 있다. 앞좌석에 앉은 큰아이
까지 총 4명의 아이를 돌보면서 숙소 운영도 하는 슈퍼우먼이었다. 내
가 할 말을 잃고 엄지를 들어 올리자 그녀가 눈을 찡긋한다. 하얀색 자동
차는 씩씩한 호스트와 4명의 아이를 싣고 곧 시야에서 사라졌다. 그동안

애 둘 키우며 힘들다고 했던 내 모습이 그저 투정처럼 느껴지는 순간이었다. 물론 애 둘 키우기도 쉽지 않았다. 나는 나대로 힘들어 쓰러질 뻔했다. 숙소는 천장이 높고 창문이 길쭉한 전형적인 유럽식 오래된 집이었다. 높은 유리 창문에 나무 덧창인 볼레가 있어 활짝 열었더니 신선한 공기가 방 가득 들어왔다.

배를 채웠으니 욘강(L'Yonne)으로 걸어가 마을 구경을 할 참이었다. 역사와 아름다움을 간직한 구시가지에도 단점이 있다. 부족한 주차 공간과 좁은 길목, 수리가 필요한 오래된 집에서 오는 불편함을 감수해야 한다는 뜻이었다. 실제로 구시가지에 지내보니 평일 오후 7시 이전에는 주민이더라도 집 앞 도로에 주차비를 지불하고 주차를 해야 하며, 계단이 많고 좁은 통로로는 몸이 조금이라도 불편한 사람은 드나들기 힘든 구조였다. 덕분에 원주민들이 이사를 나가 인구가 줄고 있는 구시가지가 많아지고 있다고 한다. 그렇지만 아름답고 역사적인 건물과 마을에서 살아간다는 점은 모든 단점을 상쇄한다.

10분 남짓 걸어서 욘강에 도착했다. 잔잔하게 흐르는 강 위로 백조들이 우아하게 헤엄을 쳤다.

강 옆에 지은 지 얼마 되지 않은 듯한 놀이터가 보인다. 미끄럼틀도 크고 새로운 놀잇감이 많았다. 동네 꼬마들의 웃음소리가 들리는 활기찬 놀이터였다. 우리 아이들도 얼른 뛰어갔다. 나와 남편은 욘강이 내려다보이는 벤치에 앉아 강변 옆에 오밀조밀 올라선 집들과 평화로운 씬스를 감상했다.

온강을 평화롭게 떠다니는 백조들

잘 논다 싶더니 우리 쪽으로 허겁지겁 아이들이 달려왔다. 어디 다쳤냐고 물어보니, 놀이터에서 놀고 있던 동네 꼬마가 자꾸 프랑스어로 말을 걸어와서 당황해서 도망쳤단다. 빨간색 티셔츠를 입은 꼬마 아이가 궁금증이 가득한 표정을 하며 우리 아이들을 연신 쳐다보고 있었다.

"친구가 같이 놀고 싶었나 보다."

라고 했지만 우리 아이들은 그게 아닐 수도 있지 않냐며 자꾸 도망 다녔다.

그게 아니면 놀이터에서 무슨 이유로 너희에게 말을 걸겠니.

나중에는 술래잡기 비슷하게 되어 서로 잡고 도망치면서 함께 놀고 있었다. 딸아이는 이 놀이가 재밌었는지 발을 구르며 큰 소리로 웃어댔다. 언어의 장벽 따위 놀이로 허물면 그만이다. 그런 아이들의 천진난만함이 부러웠다.

초등학교 4학년인 첫째는 유럽 여행을 하는 동안 게임을 하지 못했다. 몇 주는 심심할 때마다 게임 이야기를 꺼내더니 이젠 남는 시간에 동생과 이야기하거나 놀잇거리를 스스로 찾아서 시간을 보낼 줄 알게 되었다. 놀이터에서도 둘이 신나게 놀았다. 나는 그런 아들의 변화가 반가웠다.

하지만 여행을 마치고 한국에 돌아오자마자 친구들과 전화하더니 같이 게임을 하자는 약속을 만들고 바로 뛰쳐나가는 아들의 뒷모습을 보았다. 두 달 동안 아들과 나는 서로 다른 꿈을 꾸었나 보다. 게임을 하며 황홀한 표정을 짓는 아들을 보니 여행하는 동안 어떻게 참았던 건지 안쓰럽기까지 하다. 이제 게임과 어린이는 따로 떼놓을 수 없는 시대가 도래했다고 시대 탓을 하며 한 걸음 물러나기로 했다.

빨간색 티셔츠의 꼬마 아이를 포함한 한 무리의 아이들이 집으로 돌아가고, 영원히 조용해지지 않을 것 같던 놀이터가 잠잠해졌다.

썽스의 주민처럼 평범한 일상을 보낸 듯한 기분이었다. 아이들 손을 잡고 가로등이 켜진 길을 걸어 숙소로 돌아왔다. 놀이터에서 힘을 뺀 아이들은 금방 잠이 들었다. 일찍 잘 수 있는 아이들이었는데 한국에서는 에너지를 다 소진하지 못해서 못 잤나 보다. 한국으로 돌아가면 운동을 더 시켜야겠다.

7.

폭우가 쏟아지는 디즈니랜드

파리 디즈니랜드

　한국에서 파리 디즈니랜드 날짜를 지정하여 표를 예매했는데, 기상예보를 보니 하필 이날 호우주의보가 떠 있었다. 아이들이 손꼽아 기다렸기에 취소하면 실망할까 봐 비가 오더라도 강행하기로 했다. 비옷을 입으면 되고, 오히려 사람이 적어서 놀이기구는 실컷 탈 수 있을 거라며 위안을 했다.

　디즈니랜드 근처 사설 주차장에 주차했다. 디즈니랜드에서 운영하는 주차장보다 저렴하고 거리도 별로 차이가 나지 않았다. 짐가방을 뒤져 두 달 가까이 여행하면서 단 한 번도 꺼낸 적이 없는 비옷을 찾아보았다. 짐 싼 지 오래되어 딸의 비옷은 어디 있는지 찾지 못했다. 어쩔 수 없이 아들의 비옷과 우산, 방수 바람막이를 사용했다. 귀국해서야 가방 구석에 구깃구깃 들어 있던 딸아이 비옷을 찾아서 너털웃음을 지었더랬다. 정리 정돈의 중요성을 또 한 번 느꼈다.

　따뜻한 남프랑스에 있다가 파리로 오니 기온이 뚝 떨어져 긴팔 티셔츠에 경량 패딩까지 입어야 할 정도였다. 슬리퍼와 크록스를 신고 있는 사람들도 우리 가족뿐이었다.

파리 디즈니랜드의 핑크 성

예매한 표를 보여주고 디즈니랜드로 입성했다. 쏟아지는 비를 헤치며 여전히 많은 사람이 입장하고 있었다. 심지어 유모차를 끌고 온 가족도 꽤 되었다.

방향을 잘 찾는 남편을 따라 어트랙션이 많다는 월트디즈니 스튜디오 파크로 먼저 향했다. '타워 오브 테러(Tower of terror)'가 대기 줄이 짧아서 줄을 섰는데, 타기 직전에서야 디즈니랜드에서 가장 무서운 놀이기구라고 남편이 알려주었다. 호텔에서 감전사한 가족 유령들이 엘리베이터로 공포를 선사하는 놀이기구였다. 자유낙하를 여러 번 해서 신체와 영혼이 강제로 분리되고 싶은 사람에게는 추천할 만한 놀이기구다. 딸아이 말로는 숨이 멎는 줄 알았단다.

〈니모를 찾아서〉에 나왔던 거북이 크러쉬 등에 타고 해류를 따라 바다를 헤엄치는 놀이기구, 아이언맨과 함께 우주로 가서 지구를 구한다는 놀이기구, 캐리비안 해적을 따라 배를 타고 영화 한 편을 보고 나오는 듯한 놀이기구까지. 캐릭터와 스토리에 있어서 디즈니랜드를 따라올 기업이 있을까 싶다. 모든 어트랙션이 어린 날로 회귀하여 그리운 동심을 찾는 여정 같았다.

그런데 디즈니 주가는 왜 안 갈까? 제발 좀 가즈아.

우연히 사람들이 잔뜩 줄 서 있는 극장을 보았다. 실내에서 비를 좀 피해야겠다는 생각으로 대기열에 들어갔다. 미키와 마법사 뮤지컬 공연을 기다리는 줄이었던 모양이다. 40분 더 대기해야 한다길래 싸 온 간식과 음료를 먹으며 간단히 요기했다. 기다리는 동안 비옷과 바람막이를 말렸다. 미리 줄을 선 탓에 앞자리 중앙에 앉을 수 있었다. 디즈니 애니메이션의 하이라이트 부분을 한 무대에 모아 집대성한 공연이었다. 실제 그 애니메이션을 연기한 성우의 목소리와 즐겨 흥얼거리던 노래가 나오니 감동 그 자체였다.

남편이 이 무대만 봐도 티켓 값 뽑았다고 말할 정도였다.

다행히 뮤지컬 공연을 보고 나오니 비가 그쳤다. 오전 내내 내린 비 덕분에 사람이 많지 않아서 긴 대기 없이 어트랙션을 탔다. 뮤지컬, 퍼레이드, 환상적인 일루미네이션까지 사람들에게 덜 치이며 관람할 수 있었다.

디즈니의 상징인 핑크 성 위로 어두운 밤하늘을 화려하게 수놓는 불꽃놀이는 황홀했다. 아이들도 보는 내내 입을 다물지 못했다. 디즈니랜드를 일정에 넣은 나 자신, 칭찬해.

딱 한 가지 아쉬운 점은 파리 디즈니랜드에만 있다는 라따뚜이 어트랙션이 점검 중이라 탑승하지 못했다는 점이다. 그래도 괜찮다. 덕분에 다시 파리에 올 이유가 하나 더 생긴 거니까. 정신 승리가 이렇게 쉽다.

비를 맞고, 오래 걷고, 저녁 늦도록 쉬지 않고 논 다음 숙소에 도착하니 밤 11시가 넘어 있었다. 침대에 털썩 앉으니 다리가 뻐근하고 잠이 쏟아졌다. 피곤할 아이들에게 양치만 하고 얼른 자라고 재촉했다. 아이들은 오늘 정말 최고의 날이었다며, 내 뺨에 뽀뽀를 해줬다. 쌓인 피로가 일순간 날아가며 내 얼굴에 미소가 동실동실 떠오른다. 뽀뽀의 대가로 다음엔 오사카 유니버설 스튜디오다!

8.
17세기 최고의 인플루언서

베르사유 궁전

12:30 입장표를 미리 예매하여 베르사유 궁전(Château de Versailles) 부터 들렀다. 조금 걸어야 하지만 주차 비용이 더 저렴한 곳을 찾아가 차를 대었다.

오디오 가이드는 포기했다. 관광객이 많아 제대로 들을 수도 없었기 때문이다. 가장 유명한 거울의 방으로 직진하며 주변을 둘러봤다.

곳곳에 루이 14세 본인을 상징하는 태양의 신 아폴론의 동상과 그림을 볼 수 있었다. 베르사유궁과 한 시대를 풍미했던 걸출한 인물의 행적을 살펴보기 위해 세계 곳곳의 많은 사람이 베르사유를 방문하고 있었다. 그의 바람대로 지지 않는 태양왕이 되어 여전히 군림하고 있는 듯이 보였다.

17개의 창문과 정확히 대칭되는 578개의 거울, 대리석 기둥, 아름다운 크리스털 샹들리에, 황금 촛대, 왕의 공적을 기록하는 천장화로 여백이라곤 하나도 없는 화려한 복도에 도착했다.

이곳이 '거울의 방'이었다. 왕과 왕비의 거처를 잇는 통로이자 외국의 사신이 왕을 접견하는 장소이기도 했다. 당시의 기술로는 대형거울을 제작하기 어려워 금보다 비싼 값이 매겨졌다고 한다.

다른 나라의 사신이 왕을 접견하러 오면 거울의 방 입구에서 기다리게 했다. 창문으로 들어온 햇빛이 거울에 반사되는 시간에 맞추어 거울의 방으로 연결되는 문을 열며 맞이했다고 한다. 햇빛과 거울에 반사된 빛, 샹들리에 덕분에 황금으로 빛나는 루이 14세를 보며 경외심이 저절로 들도록 말이다.

이 정도 연출 능력이라면 루이 14세가 MZ세대로 태어났어도 일상을 SNS를 통해 소통하는 셀러브리티가 되어 이름을 떨쳤을 듯하다. 거울의 방에서 셀카를 찍고 SNS에 사진을 올리는 루이 14세의 모습을 상상해 보았다. #와이프 방에서 내방까지 걷는 데 15분 #왕실 먹방 #본처에게 안 들키고 내연녀랑 살림 차리기 등등 사람들 마음을 사로잡는 자극적인 영상 제목이 순식간에 몇 가지 떠오른다. 루이 14세는 팔로워가 넘치는 인플루언서가 되었을지도 모르겠다. 한국의 누군가가 떠오르는 건 왜일까.

거울의 방을 둘러보고 곧장 정원으로 향했다.

베르사유궁에서 피크닉을 즐길 수 있다고 하여 과일, 도시락을 준비해 왔다. 대 운하 옆으로 돗자리를 깔고 크루아상과 멜론, 블루베리를 먹었다. 푹신한 잔디 위로 벌러덩 누워 선선한 바람을 느껴보았다. 왕족이 된 듯한 기분에 빠졌다. 운하에서 작은 보트를 타는 사람들과 유유히 헤엄치는 오리들, 잔디에 앉아 사랑을 속삭이는 커플들, 천천히 이동하는 구름까지 그저 한 폭의 풍경화 속 소재가 된다.

베르사유궁 정원

이 넓디넓은 공원을 다 걸어 다니려면 다리가 아프고, 아이들에게도 고역이기에 전기 카트를 빌리기로 했다. 만약 가족 모두 자전거를 탈 줄 안다면 자전거를 대여해도 좋다. 아쉽지만 우리 둘째가 아직 자전거를 터득하지 못한 터라 전기 카트를 빌리기로 했다.

자전거는 시간당 9유로, 전동카트는 시간당 38유로였다. 4명이라면 전동카트나 자전거나 가격 차이가 별로 나지 않으니 카트를 추천한다. 단, 국제운전면허증이 있어야 하니 챙겨와야 한다.

우리는 한글 안내 지도를 펼쳐놓고 베르사유 정원을 구경 다니기 시작했다. 안 걷고 편안하게 앉아서 구경하니 얼마나 좋은지. 남매는 정원의 아름다움보다 고르지 않은 땅을 지날 때 덜컹거리는 카트가 재밌다고 웃어댔다.

별궁인 그랑 트리아농을 구경했다. 루이 14세의 애인 마담 맹트농과 밀회하기 위해 지어졌다는데 불륜이었지만 사랑에 깊이 빠졌었는지 기둥과 벽이 핑크 대리석으로 예쁘게 건축되었다. 방들도 저마다 특색 있게 꾸며져 있었다. 핑크색 의자와 핑크색 침대가 있는 핑크 방, 노란색 가구와 황금색 장식물의 노란 방, 초록색 커튼이 인상적인 방.

늘 호화로움을 추구했던 귀족과 왕실의 취향 덕분에 프랑스가 패션의 나라로, 고급 브랜드 이미지를 구축할 수 있었던 게 아닌가 싶다. 반대로 프랑스 혁명을 일으킬 수밖에 없었던 국민은 고단한 삶을 살아가고 있었다. 어린 시절 루이 14세의 앳되고 귀여운 초상화를 보면 절대 군주가 되어 강력한 군사력을 바탕으로 수많은 전쟁을 일으켰던 인물이 되리라고는 상상이 가지 않는다. 루이 14세부터 이어져 온 전쟁과 사치로 국가 재정이 파탄 직전이었기에 혁명은 정해진 순서였다. 결국 루이 14세의 증손자인 루이 16세와 마리 앙투아네트는 온갖 죄목으로 사형당하고 말았다.

어릴 적에 즐겨 보았던 장편 애니메이션 〈베르사유의 장미〉로 마리 앙투아네트는 나에게 익숙한 인물이다.

"바람 한 점 없어도, 향기로운 꽃. 가시 돋쳐 피어나도 아름다운 꽃."

이 가사를 읽고 노래 선율이 바로 떠오른다면 당신도 나와 비슷한 시대의 사람이다. 반갑다.

친정엄마도 〈베르사유의 장미〉는 나와 함께 보시곤 했었을 만큼 그 당시에 센세이셔널한 작품이었다. 덕분에 내 나이 또래 중 마리 앙투아네트를 모르는 사람이 없을 정도였다. 프랑스 혁명으로 시민에 의해 형장의 이슬로 사라진 주인공의 결말이 어린 시절에는 큰 충격이었다. 물론 그녀도 젊은 시절 사치한 죄가 있긴 하지만 그게 시민들에게 욕을 먹어가며 공개 처형당할 만한 잘못이라고 생각하지 않는다. 몰락해 가는 봉건제도의 시대에 잘못 태어나 역사라는 큰 물줄기에 휩쓸려 가버린 안쓰러운 인물일 뿐이다. 최고의 위치에 있다가 바닥까지 끌어 내려진 비참한 클리셰가 있어 더욱 마음이 가는 그녀다.

베르사유 궁전 곳곳에서 마리 앙투아네트의 초상화와 흉상, 그녀가 생활했던 방, 역사적 인물의 흔적을 찾으며 호기심을 충족시켰다.

전쟁과 프랑스 혁명에 관심이 많은 아들은 역사 만화책에서 자주 소개되었던 루이 14세나 나폴레옹에 관심이 많았다. 그래서 화가 다비드의 〈나폴레옹의 대관식〉 작품에 훨씬 더 흥미를 보였다.

1시간 동안 전동카트로 베르사유 정원을 누비며 실컷 구경을 마쳤다. 마지막으로 클래식 노래에 맞춰 물줄기가 오르락내리락하는 레토의 분수에서의 음악분수 쇼를 감상하고 베르사유를 빠져나왔다.

베르사유궁 정원

9.

오늘은 나도 파리지앵

오르세 미술관, 뤽상부르 공원, 루브르

8월 초에 우리를 태우고 다닌 회색 자동차를 처음 만났던 곳, 텐트를 구매하기 위해 짧게 지나쳤던 곳, 파리 시내로 향했다. 파리의 기후가 서늘해서 얇은 옷을 가방 깊숙한 곳에 정리하고 긴팔 옷을 꺼내어 껴입었다. 여전히 흐리고 비가 왔다가 그쳤다가 하고 있었다. 실내를 중심으로 구경하기로 했다.

오르세 미술관(Musée d'Orsay)으로 향했다. 19~20세기의 작품을 전시하는 국립미술관으로 원래는 철도역으로 건설된 건물을 1986년에 미술관으로 개관하게 되어 지금의 오르세 미술관에 이르게 되었다. 이곳도 파리의 3대 박물관 중의 하나인데 타이밍이 좋았던 건지 입장권 구매 대기 줄이 짧아 바로 입장했다. 오디오 가이드는 따로 신청하지 않고 아이들이 좋아하는 인상파 화가의 작품이 모여 있는 5층의 인상파 갤러리로 직행했다. 여러 미술관을 가보니 내가 정말 좋아하는 작품을 오래 감상하는 게 더 좋았기 때문이다.

고흐의 〈해바라기〉와 〈자화상〉 앞에서 한참을 서서 작품을 살펴봤다. 아를에서 고흐가 스스로 귀를 자르고 입원했던 노란색 병동을 떠올리며 자화상을 감상하니 더욱 안쓰러워 보였다.

모네가 그린 〈수련〉, 쇠라의 점묘화도 자세히 들여다보았다. 아이들도 교과서와 책에서 자주 접하던 작품이라 그런지 제법 진지하게 감상한다.

오르세 미술관의 유명한 포토 스팟은 시계탑 부분이다. 유리로 되어 있어 시계 너머로 파리가 보인다. 이곳에서 사진을 찍으면 시계와 서 있는 사람의 실루엣만 보이는 근사한 사진을 찍을 수 있다. 단지 사진을 찍으려면 기다림이 필요할 뿐이다. 사이좋은 남매 모습을 연출해 사진을 찍었다. 사춘기에 티격태격하면 이 사진을 보여줄 테다.

오르세 미술관 시계탑

파리에서 가장 아름답다는 뤽상부르 공원(Jardin du Luxembourg)으로 이동했다. 넓은 공원 곳곳에 비치된 철제의자가 인상적이었다. 친구나 가족과 함께 의자를 원하는 곳에 옮겨놓고 모여 자유롭게 이야기를 나눌 수 있어 좋아 보였다. 파리지앵처럼 우리도 의자를 잔디밭 근처로 옮겨 분수와 잘 가꿔진 화원과 뤽상부르 궁을 보며 하염없이 시간을 보냈다. 아이들은 한 발을 들고 균형 잡기도 하고, 남매 둘이서 이 놀이, 저 놀이를 개발하여 함께 놀았다. 시끄러운 도심 속에 동화에 나올 듯한 궁전과 공원이 존재하다니. 이렇게 아름다운 뤽상부르 궁전도 역사의 소용돌이 속에서 프랑스 혁명 때는 감옥으로, 나폴레옹의 집무실로, 현재는 시민들을 위한 휴식처와 프랑스 상원 의사당으로 그 역할과 사용자가 바뀌었다. 지금은 최고 권력자들만 드나들던 궁에서 우리도 피크닉을 즐기게 되었다. 따뜻한 해를 쪼이며 잔디에 앉아 시간을 보냈다. 커피 한잔 마시며 느긋하게 간식을 먹었다. 오늘은 나도 파리지앵이다.

세계 3대 박물관 중 하나인 루브르 박물관(Musée du Louvre)은 파리에 온다면 꼭 들러야 할 장소 중 하나다.

치킨너겟을 넉넉히 굽고 케첩을 싸 들고, 언제나 그렇듯 리들에 들러 갓 구운 크루아상과 에그타르트, 음료를 사서 박물관으로 향했다. 루브르는 원래 궁이었으나 루이 14세가 베르사유를 짓고 나서 거처를 그곳으로 옮긴 뒤 왕실의 예술품을 보관하는 창고로 사용하게 되었다가 오늘날의 루브르 박물관이 되었다고 한다. 구 건축과 멋지게 어우러지는 현대적인 유리 피라미드 아래로 에스컬레이터를 타고 내려가면서부터 관람이 시작되었다. 에펠탑과 더불어 유리 피라미드는 파리의 상징이 되었다. 에펠탑도, 유리 피라미드도 건축 당시 프랑스에서는 부정적인 여론이 많았었다. 그러나 지금 이 두 건축물이 없는 파리는 버터 없이 구운 크루아상과 같다.

수많은 전시물들이 있지만 〈모나리자〉가 특별히 기억에 남는다. 레오나르도 다빈치가 화실에 걸어두고 죽기 전까지 함께했던 작품이었다고 한다. 워낙에 유명한 작품인지라 사람들이 페이스트리처럼 겹겹이 둘러싸고 있어서 관람이 쉽지 않았다. 무수한 세월 동안 전시되면서 몇 번 도난과 테러의 위협을 받았었기 때문에 방탄유리에, 나무 바리케이드 앞으로 벨트 가이드라인까지 삼중으로 막아두었다. 거기다 네 명의 직원들까지 호위하는 작품이었다.

사람들은 휴대폰을 들고 위대한 작품을 사진으로 남기느라 바빴다. 아이들이 키 큰 어른들 사이에서 까치발을 하고 작품을 보려고 용을 썼다. 그걸 지켜보던 박물관 직원이 우리 아이들더러 가까이 오라고 손짓을 한다. 아이들이 영문을 몰라 주춤주춤 다가갔더니 벨트 가이드라인을 열어주면서 〈모나리자〉 작품을 가까이에서 볼 수 있도록 배려해주었다. 나보고는 이 아이들 부모냐고 묻더니 손가락으로 사진 찍는 동작을 하며 작품과 아이들 사진을 찍어주란다. 순간 미소 짓고 있는 박물관 직원이 액자 속의 인자한 모나리자와 겹쳐 보이는 것은 나의 과도한 착각일까.

〈모나리자〉를 보러 온 사람들

첫째가 베르사유에서 눈여겨보았던 〈나폴레옹의 대관식〉이 루브르에
도 전시하고 있어서 신기해했다. 같은 주제로 자크 루이 다비드가 그린
두 점의 그림이 베르사유에 하나, 루브르에 하나가 걸려 있었다. 실제 나
폴레옹의 대관식은 총체적 난국이었다. 애 딸린 이혼녀인 왕후 조세핀
을 마음에 들어 하지 않았던 나폴레옹의 어머니와 가족들은 대관식에 참
여조차 하지 않았다. 거기다 교황이 의례적으로 왕관을 씌워주는 과정을
거치지 않고 나폴레옹이 왕관을 직접 써버리기까지 했다. 교황이 그 자
리에서 밝은 표정이었을 리 없었다. 그러나 자크 루이 다비드는 상상력

과 자체 보정 처리를 가미해 작품을 완성했다. 그가 그린 대관식에는 나폴레옹의 어머니를 포함한 모든 사람의 축복과 기쁨 속에서 대관식을 치르는 나폴레옹과 조세핀이 등장한다. 나폴레옹이 그가 그린 그림을 보고 감격하여 "당신을 존경한다."라고 말했다. 당대 최고의 권력자에게 존경한다는 말을 들으려면, 사실을 바탕으로 한 적절한 아부가 필요하다. 입안의 혀처럼 구미에 맞게 척척 그려내는 화가를 나폴레옹이 얼마나 아꼈을지 짐작이 갔다. 예나 지금이나, 실제와 다를지라도 더 멋진 내 모습을 보고 싶은 마음은 같은가 보다.

나에게도 자크 루이 다비드가 있다. 휴대폰 카메라 보정 앱이다.

화가가 보정한 〈나폴레옹의 대관식〉

10.

귀국 비행기 놓칠 뻔

몽마르뜨언덕, 바토 무슈 유람선, 에펠탑

여행의 마지막 날이다. 어쩌다가 이렇게나 빨리 돌아갈 시간이 돼버린 걸까. 분명 얼마 전에 크루즈 배에 몸을 싣고 있었는데 말이다. 알프스 설산을 보며 텐트에서 커피를 호로록 마셨던 게 엊그제 같은데 말이다. 느지막이 일어나 아침 겸 점심을 먹으며 가족 모두 아쉬움을 토로했다.

몽마르뜨 언덕(Montmartre)과 바토무슈 유람선(Bateaux-Mouches), 근사한 프랑스식 저녁 식사가 오늘의 일정이다.

인상주의 화가들, 예술가들의 활동무대였던 몽마르뜨 언덕에 오르니 춤을 추거나, 악기를 연주하거나, 노래를 하는 등 다양한 방식으로 버스킹하는 사람들을 만날 수 있었다. 신사 모자를 쓰고 수염을 길러 멋을 낸 할아버지께서 야외 카페 테이블에 앉아 기타를 연주하던 모습은 자유로운 음악가 그 자체였다.

기념품을 파는 가게도 많고 비
누, 옷, 가방, 뮤직박스, 프랑스
간식거리 등 구경하고 싶은 작은
구멍가게들이 즐비하다. 우리는
달콤한 과자를 색깔별로 사 보았
다. 사크레쾨르 성낭(Basilique
du Sacré-Cœur) 아래에 서서
파리 시내를 내려다보았다. 팡테
옹(Panthéon), 루브르, 구시가
부터 고층 건물이 들어선 신시가
지도 한눈에 보인다.

모자를 쓴 악사가 몽마르뜨 언덕길에서 기타를 연
주하고 있다.

파리 센강(Seine)을 제대로 즐기고 싶다면 유람선을 타야 한다. 원래
가격도 14유로로 비싸지 않지만 온라인으로 예매를 하면 반값으로 탑승
할 수 있다. 저녁 6시 출발 유람선을 타기로 했다. 저물녘의 파리를 보고
싶어서였다. 2층 갑판 가장자리에 자리를 잡았다. 배가 천천히 움직이기
시작했다. 반짝이는 센강과 오래된 건물들이 만드는 윤곽선, 선명한 하
늘까지, 아름다운 풍경들이 내일 떠나는 사람의 마음을 흔들어 놓았다.

바토무슈 유람선을 타고 센강을 구경했다.

유람선은 루브르 박물관, 공사 중인 노트르담 대성당과 오르세미술관, 에펠탑까지 천천히 이동했다. 마치 우리가 지난날 동안 들렀던 파리의 굵직한 장소를 다시 되짚어 보는 듯했다. 둘째는 유람선이 다리 아래로 지날 때마다 다리 위에서 센강을 내려다보는 사람들에게 손을 흔들며 인사하느라 바빴다. 딸의 손 인사에 같이 손을 흔들어 주는 프랑스인들의 친절함이 좋았다.

에펠탑 조명이 크리스마스트리처럼 켜지며 마법처럼 분위기가 바뀌었다. 원래 에펠탑 조명이 켜질 때 이렇게 반짝이는 줄 몰랐다. 아이들이 아름다운 이 장면을 꼭 영상으로 남겨놓으라며 신신당부를 하여 동영상으로 저장했다. 조명이 깜빡거림을 멈추고 황금색으로 빛났다. 하늘 아래로 사라지는 해가 붉은 노을로 그림자를 남겼다.

에펠탑 앞에서 가족의 엄지탑을 만들었다.

트로카데로 분수대(Fontaine du Jardin du Trocadéro) 옆에 앉아 감자 칩을 먹으며 에펠탑을 구경했다. 황금빛 에펠탑과 사람들, 에펠탑 아래로 지나다니는 자동차, 가로등이 점점 더 감청색으로 어두워지는 하늘과 멋스럽게 어우러졌다.

원색의 옷으로 스타일을 낸 파리지앵이 우리 옆에 자리를 잡더니 가방 속에서 작은 스피커를 꺼내 힙합 노래를 듣기 시작했다. 신기하게도 그가 선곡한 노래들이 이 야경과 잘 어우러졌다. 에펠탑 디제이(?)의 선곡 능력에 감탄하며 리듬에 맞춰서 발을 까딱까딱하였다. 아름답고 복잡한 도시 파리에 언제 다시 올 수 있을까 생각하니 일분일초가 아쉬웠다.

우리는 유럽에서의 마지막 밤을 프랑스 현지식 레스토랑에서 자축했다.
첫째가 책에서 읽었는데 프랑스에서는 식탁에 팔꿈치를 올리면 예의가 없는 거라고 넌지시 알려주었다. 역시 사람은 책을 읽어야 한다고 너스레를 떨며 우리 부부는 얼른 테이블에 올려 둔 팔꿈치를 내려놓았다. 푹 익힌 오리 다리 요리, 쇠고기 타르타르와 치즈가 들어간 양파 수프, 디저트로 먹은 크림 브륄레는 훌륭했다.
식사하며 이번 여행 중에 어디가 제일 좋았냐고 하니 첫째는 노르웨이 크루즈 여행과 이탈리아를 꼽았다. 둘째는 디즈니랜드와 숲속 놀이동산을 골랐다. 처음으로 해외에서 텐트를 피칭하고, 고장 난 전기장판으로 추위에 떨기도 했지만 지나고 보니 웃음이 떠오르는 재미있는 에피소드가 되었다. 긴 시간 함께 여행하면 남편이랑 자주 다투게 된다는 주변의 걱정과는 다르게 타지에서 의지하며 부부 사이가 좋아졌다. 초등학생인 첫째와 둘째는 딱 초등학생답게 유치하고 기발한 멘트로 여행을 즐겁게 해주었다. 이번 여행으로 우리 넷은 서로 잘 통하고 쿵짝이 잘 맞는 콤비라는 생각이 들었다.

짧지 않은 기간이었지만 이토록 아쉬움이 많이 남을 줄은 몰랐다. 내일은 우리의 여행 일정에 마침표를 찍고 한국으로 돌아간다.

52일간 함께 해준 든든한 SUV에 짐을 실었다. 넉넉하게 네 시간 전에 공항으로 출발했다.

"공항 근처에 공원이 하나 있네. 여기서 피크닉하고 비행기 수속 하자."

내비게이션을 켜고 도로에 진입했다. 길을 잘못 드는 바람에 한 시간을 허비했다. 피크닉은 포기하고 바로 공항으로 향했다. 리스 자동차를 반납하는 차고지 입구를 몰라 로터리를 계속 돌아야 했다. 분명 지도상으로는 근방인데 차단기가 내려져 있어 진입할 수 없었다. 다른 사람들은 카드키를 찍고 들어가길래 따라 들어가 보려고 꽁무니에 붙어 봤지만 실패했다. 비행기 타야 할 시간이 점점 가까워져 왔다. 불안해지기 시작했다. 플랜B를 모색했다. 남편은 나와 아이들을 먼저 공항에 내려줄 테니 일단 수속부터 하는 게 어떻겠냐고 했다. 긴박한 찰나 로터리 뒤쪽으로 샛길을 발견했다. 누가 이렇게 길을 안 보이게 해놨노!

가까스로 한 시간 남기고 비행기 수속을 했다. 피크닉 갔으면 비행기 무조건 놓쳤다. 끝날 때까지 끝난 게 아니다.

2023년9월23일(토)날씨:☀

㉞ 파리 에펠탑 간날㉦

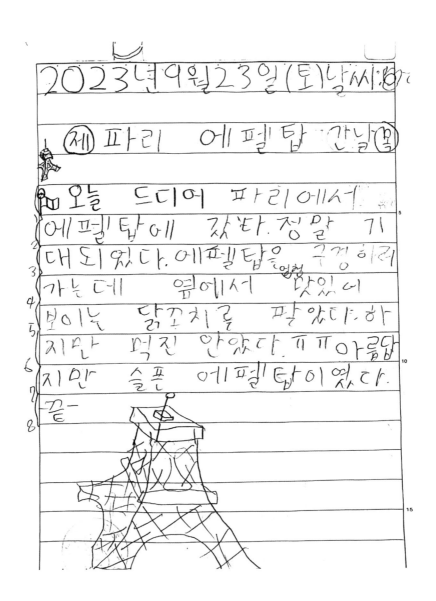

오늘 드디어 파리에서 에펠탑에 갔다. 정말 기대되었다. 에펠탑을 구경하러 가는데 옆에서 맛있어 보이는 닭꼬치를 팔았다. 하지만 먹진 안았다. ㅠㅠ아름답지만 슬픈 에펠탑이었다.
-끝-

택배가 왔다. 65일 동안 찍은 사진 중에 몇 가지를 추려 사진으로 남겼다. 현관문에 자석으로 사진들을 가득 붙여놓았다. 사진 속 아이들과 나는 눈부시도록 밝게 웃고 있다. 집을 나설 때마다 잠시 유럽에 다녀오듯 감상에 젖는다. 여행을 다녀오니 남는 것은 사진과 아이들의 일기장이다. 유럽에 함께 다녀오느라 너덜너덜해진 일기장은 아이들의 생각이 촘촘히 엮여 있어 읽는 재미가 있었다. 여행 후 아이들은 성큼 성숙해졌다. 캠핑하며 함께 고생한 덕분이다.

모두 일상에 곧 적응했다. 아이들은 학교와 학원 스케줄을 잘 따라가고 있고 나는 즐겨하는 운동, 줌바댄스를 다시 시작했다.

한 번씩 유럽에서의 생활을 떠올린다.

"자기가 알프스에서 해준 김치찌개 진짜 맛있었는데."

"와, 오늘 날씨 좋다. 남프랑스에서 봤던 하늘이랑 비슷해."

"엄마, 유럽에서 다 좋았는데 단점이 딱 하나 있었거든. 그건 바로 게임 못 하는 부분이었어요."

몸은 한국에 완벽 적응했는데 우리의 기억은 아직 유럽에 머물러 있다.

또 택배가 왔다. 새로 주문한 텐트다. 다시 떠나고 싶은 마음을 한국 캠핑장으로 달래기로 했다. 구멍 난 에어 매트리스와 부서진 의자를 겪어보니 캠핑은 장비빨이 맞다. 솔깃해지는 캠핑용품을 이것저것 인터넷 장바구니에 담다 보니 요즘 택배가 자주 온다. 괜히 남편 눈치가 보여 묻지도 않았는데 주절주절 사야만 했던 이유를 읊었다. 남편은 포커페이스를 유지하고 있지만, 속으론 욕하고 있을지도 모른다. 철들었다.

길게 여행을 다녀와서 얻은 게 있다면 삶을 대하는 태도다. 내 옆의 누군가의 태도에 따라 희로애락이 달라지는 경험이 있을 것이다. 예를 들어서 모임이나 친구와 만날 때도 긍정에너지가 넘치는 사람이 있으면 나도 덩달아 기분이 좋아지고, 불평불만이 많거나 부정적인 사람이 있으면 분위기가 무거워진다든가 하는 것 말이다. 특히 거울처럼 부모의 말과 행동을 따라 하는 아이들에게 더욱 그렇다.

"어머 어머, 저것 봐. 너무 예쁘다. 구름 모양이 꼭 케이크 같잖아."

하면 꼭 아이들은

"그렇네, 저 옆에는 거북이 모양이야."

하면서 부모가 관심 있어 하는 예쁘고 재밌는 모습을 찾으려고 했다.

"이 카페 화장실 너무 냄새나. 영 별로야."

라는 말을 먼저 하면

"컵도 안 깨끗해요. 우리 다른 데 가요."

하며 좋지 않은 점을 찾으려고 했다. 내가 자주 웃으면 아이들은 더 자주 웃었다.

이러나저러나 여행지에서 어떻게 100% 행복한 일들만 가득할까. 운전도 해야지, 집도 지어야지, 밥도 해야지, 관광도 해야지 할 일이 태산이다. 나도 출발 전에는 꼬리를 무는 걱정에 불안했었다. 고되고 힘든 날도 있었지만 우리 부부는 감사한 부분 먼저 생각하려고 노력했다. 많아 보이던 일들도 함께 나눠서 하니까 할 만했다. 함께 부대끼다 보니 눈빛만 봐도 척, 서로 무슨 생각을 하는지 알았다. 그 어느 때보다 가족의 관계가 견고해졌다.

거기다가 여기는 유럽이 아닌가! 고개를 들면 바로 앞에 물안개를 뿜는 폭포가, 싱그러운 초록색의 잔디가, 파노라마로 둘러싼 산이 있다고 상상해 봐라. 멋진 풍경 속에서 눈 호강을 하며 이루어지는 노동은 덜 힘들다.

그리고 또 하나, 우리의 여행을 행복하게 만든 요인은 낯선 곳에서 만난 낯선 사람들이 베푸는 친절이었다. 유람선에서 손을 흔드는 딸에게 함께 손을 흔들어 주던 파리지앵, 언덕길에서 자전거를 밀어주던 루카의 주민, 캠핑장에서 우리 쉘터를 지켜준 줄리앙, 텐트를 구매할 수 있도록 자세한 안내를 해준 파리의 매장 직원, 길을 물어보면 큰 동작을 곁들여 알아듣기 쉽게 설명해 주던 고마운 사람들이 떠오른다.

지구 어디에나 좋은 사람들이 있고, 이들 덕분에 살 만한, 괜찮은 세상이 된다.

나 역시 괜찮은 세상의 한 부분이 되고자 노력 중이다.

유럽을 다녀와서 오랜만에 만난 지인이 "책으로 내봐요. 재밌을 것 같은데." 지나가듯 말한 적이 있었다. 평소라면 웃고 지나쳤을 텐데 집에 돌아와 생각하다 출판 경험이 있는 지인에게 상담받아 보았다.

"책 써봐. 나도 그 책 읽고 애들이랑 유럽 다녀와 보게."

나를 자극해 주는 좋은 사람들의 존재는 축복이다. 두 사람이 아니었다면 책을 낸다는 용기를 내기 어려웠을 것이다.

이제는 누군가 자녀와 함께 유럽 캠핑 여행에 관해 물어 온다면 자신 있게 말할 수 있다. 아이들과 함께 유럽 텐트 여행 도전해 본 결론, 충분히 가능하다. 아니, 오히려 좋다!